情绪指针
Festina lente

池上 著

上海文艺出版社
Shanghai Literature & Art Publishing House

目 录

情绪指针 ... 1

自白书 ... 197

情绪指针

宁神时刻

劳宇活动了一下筋骨,推开门,走出办公室。正是十二点,蓝星高悬在头顶。蓝星最初呈天蓝色,那种蓝由于和天空过于接近,肉眼根本分辨不清。不久,蓝星被修正为孔雀蓝。好几次,劳宇冷不丁抬头一看,还以为天空补了块孔雀蓝釉瓷。

现在,劳宇当然习惯了。新一代基遍人更是从没有过这个问题。自他们出生起,蓝星便存在。蓝星每日东升西落。有次,劳宇翻看《基遍史》时,恰好看到一段有关蓝星的文字:"蓝星,古称太阳。直径大约是1.392

$\times 10^6$ 千米，相当于地球直径的 109 倍；体积大约是地球的 130 万倍；其质量大约是 2×10^{30} 千克。"文字旁没有图片，劳宇盯着那段话，脑子里倏地就跳出了那团炽热……

情绪指针轻微波动了下，指针朝右指向 0.2。劳宇将思绪收回。他把脖子后仰，仔细看那颗蓝星。蓝星一如之前般纯净、平和。他的心绪也随之平静下来。基遍创立之初，有人提议，在宁神时刻启用情绪清洗器，但很快便被否决。宁神时刻意在用人类自己的力量调节情绪。更重要的是，它是在提醒人类勿忘那次可怕的大灾变。

不远处的珊瑚群里冒出两个人影。劳宇定了定神，朝珊瑚群走去。这一片珊瑚群是仿建的苍珊瑚群。真正的苍珊瑚早在那次大灾变前灭绝了。不过，这片珊瑚群几乎可以以假乱真。在巨大的青蓝色的棒状珊瑚群落跟前，那两个人活像两个移动的侏儒。

宋明朗身高一米八五。作为"海葵"Ⅶ部门的部长及元老成员，大多数时候，宋明朗的脸上没有任何表情。难得遇到高兴的事，他会扬起四十五度嘴角，一度不多，一度不少。当然，如今满大街都找不出一个开怀大笑的人，但像宋明朗这样回回精准的毕竟是少数。

宋明朗和劳宇点了点头。朱易从宋明朗身后走上来。朱易比宋明朗略矮，劳宇来"海葵"后的第二年，他被招来这里。今天早上清理了八百九十三条。朱易问，你怎么样？朱易当然不是真的想知道劳宇清理了多少。在"海葵"，这就跟过去人们互问天气或者有无吃饭一样。我也差不多，劳宇说。不错。朱易耸耸肩，从他身边走过去了。

宋明朗没有离开。他在劳宇身边停留了一会儿，压低了声音，方便的话，今晚来我那里一趟。

十七区

十七区和劳宇所在的三十九区并不算太远。要不是车载系统提醒劳宇，他甚至可以将这里当作基遍的任何一个区。同样灰蓝色的马路，同样灰蓝色的矮扑扑的平房，同样灰蓝色的半球形顶部。偶尔，有几栋灰蓝色的两层高的小楼房穿插其间。

这是劳宇第一次来十七区。事实上，如今家——哦，不，应该称之为住所——比过去任何时刻都要私密。在"海葵"的这些年，劳宇从未造访过任何一个同事的住所。反之，也没有任何一个同事造访他的。当然，《基遍法》中并没有明确规定这点，这更像是一种约定俗成。

车载系统提醒前方便是目的地。劳宇把车停好，下了车。宋明朗的住所是为数不多的两层高的小楼。整栋楼没有窗户。劳宇走到拱形的大门前，门自动打开。一只猫探出脑袋，一双爪子轻搭在门上。猫浑身雪白，没有一丝杂色。两只眼睛颜色不一，一只呈水蓝色，另一只则呈琥珀色。

可可。宋明朗的声音从房间里传来。猫听到宋明朗的叫唤，机敏地跳开了。它叫可可？等宋明朗出现在门口时，劳宇问。是啊。宋明朗露出标准的四十五度笑容，都跟我四年半了。劳宇心下一惊。在基遍，最忌讳的便是产生情感依赖。千百年来"家庭"这种人类最基本的社会生活单位消失了，取而代之的是一个个独立的个体。没有婚姻，人们通常会同时拥有三到五个性伴侣，并可随时调换。所有工种都要在一定的时间内调换（像"海葵"这样的机密部门，虽没有明确规定调整的时间，但也会忽然通知调整部门）。在此种机制下，养宠物的人自然少之又少。

人类过去最忠实的朋友——狗——被淘汰了。像狗这样容易引起人类情感共鸣的动物显然是不适宜做宠物的，而蛇、蜥蜴等动物又容易引起他人的不适。反观猫就不一样了，它与人忽冷忽热、忽远忽近、若即若离，因而一跃成为最受基遍人欢迎的宠物。不过即便如此，基遍规定和同一只宠物相处的时间最多不得超过五年。换言之，再过半年这只猫就得离开这里，被强制遣送到动物托管区。

喝点水？宋明朗好像并未受此困扰。好。宋明朗转身进了一间房。趁着宋明朗走开，劳宇环视客厅。整间客厅布置得相当简洁。雾霾蓝的布艺沙发，淡蓝色的简易茶几。墙上挂着一幅画，画上勒弥背对着他坐在皮椅上。基遍成立后，几乎每个基遍人的住宅里都贴有一张勒弥的画像。这是每个基遍子民都无比熟悉的画面。

劳宇还在看着，宋明朗拿着一个绿的玻璃瓶出来了。尽管绿色不属于普遍禁止的颜色（像红色这样容易引起人亢奋的颜色自然要禁止，反之，像黑色这样给人造成压迫感，进而引起忧虑的颜色亦在禁止之列），但保险起见，大家通常使用的仍是蓝色。他有多久没见了？五岁那年，他曾随劳青峰、马心瑶一起去吃大排档。夏夜的空气里，到处是烤串的香味。他吃一口烤羊肉串，看到劳青峰把绿的啤酒瓶打开，咕噜几口便见了底。

这是……来点？不了。怎么？不敢？确实是不敢。来之前，他曾想过宋明朗叫他来这里的用意。他猜可能是有什么特别的任务。但现在这突然而至的酒连同回忆让他有些不知所措。

真的不来点？宋明朗见他不响，把瓶盖打开，兀自喝起来。喝了几口，又把酒瓶递给他，酒瓶在他跟前晃动。他犹疑了下，终于接过。瓶子里没有任何气味。他狐疑地抿了一口，才发现那是水。

你来"海葵"快九年了吧？宋明朗问。嗯。他越发狐疑了。说起来，当初还是宋明朗招他进来的。宋明朗将瓶子拿回，一饮而尽，你有没有想过，这么多年来，我们一直致力于清理那些黑色地带，可为什么好像永远都清理不完？

"海葵"

第二天早上，宋明朗没来"海葵"。内部系统显示宋明朗外出有事。但傍晚，劳宇才到达三十九区便被两个男人拦下了。

来人长着一张宽扁的脸，两道眉毛在眉尾处骤然加粗开去。请问是劳宇先生吗？是。我们是十七区警察局的，你可以先扫描确认一下我们的身份。劳宇扫描两位警官的前额，确实是十七区警察局的。说话的这位自报家门，我叫杨嘉伟。杨嘉伟左后侧那个长相比较年轻的叫程博。

请问有事吗？杨嘉伟将身份芯片上好锁。是这样的，我们想了解一下宋明朗的情况。宋部长？对。他是你在"海葵"的上级吧？是。你们平常联系得多吗？劳宇想了想，回答，不多。除了工作上的事，我们平时基本没什么来往。是吗？可是据我所知，你昨天下班后还去了他那里。就这么一次，以前我从没去过。

好吧。杨嘉伟的右手托着下巴，一根食指有规律地点着嘴角上方。不过，你去他那干什么呢？吃饭。还有呢？聊天。聊什么？没什么，都是些工作上的事。你能否仔细回想一下，他有什么不一样的地方？

劳宇轻呼了口气，他本来想说没有，但他旋即意识到，对方必然是掌握了什么。昨晚宋部长问我，有没有想过为什么我们的工作好像永远都做不完。杨嘉伟和程博对视了眼，你怎么回答？我说这正是我们工作的意义。清理，再清理，直到达成纯粹的洁净、平和。后来呢？后来他就没再说什么了。真的没了？没了。行，那你要是再想到什么，直接和我联系。杨嘉伟将他身份芯片上的信息传给他。

好。劳宇说完，发现那个叫程博的年轻警察始终用一种奇怪的眼光打量着他。按说，他没什么好怕的。他没有撒谎，他昨天确实是这样对宋明朗说的。与此相对应的，情绪指针亦没有丝毫晃动。只是他没有告诉他们他内心的波动。早晨宋明朗没来上班时，他便隐隐有种不祥的预感。不，准确地说，再往前，宋明朗同他说那句话的时候,他就有不祥的预感了。他记起自己头一次来基地,宋明朗指着下方,道,到了。他伸长脖颈,透过直升机窄窄的窗户,他看到整个基地宛若一只巨大的海葵。海葵上长出无数只触手,每十只触手便是一个部门。

劳宇所在的Ⅶ部门主要负责清理管豹。管豹这种早期的社交媒体产品早过时了,它的很多使用者亦不在人世。但管豹上那些文字、图片却存留了下来,其中不乏一些容易影响人类情绪的垃圾。考虑到它极有可能被反叛分子利用(尽管如今没有社交媒体,所有的视频、文字也只有基遍电视台等相关机构才有权推送,但仍有渠道可以进入),因此必须加以甄别、清除。

此项工作本可以用人工智能来完成。尽管基遍成立后,人工智能发展滞缓,但对付这些还是绰绰有余。可"海葵"建立之初,不知是哪里出了差错,总之,记忆瓶被人工智能全数销毁。消息一出,整个基遍为之哗然。很长一段时间里,记忆瓶都是人们争相购买的对象。劳宇还记得那时,劳卫国得了绝症。劳青峰知道后,愣是咬牙给劳卫国买了一个。

不久，劳卫国死了。因为受不了苦痛，他用一盒安眠药解决了自己。开始，劳宇还见过那个记忆瓶，再后来，所有的数据被悉数销毁，那只记忆瓶在形同摆设后亦不见了踪影。

猫

起先，那只猫距离他一百米开外，劳宇并没有注意到它。这些日子，劳宇上班、下班，定时参加宁神时刻，无论哪方面都和以前没什么两样，除了宋明朗。宋明朗没来"海葵"的第七天，被宣布调去别的机构。没有人知道宋明朗究竟去了哪。在"海葵"工作的这些年，劳宇已然习惯这一切。但当他望向那片苍珊瑚时，还是忍不住想起宋明朗。

记忆瓶被悉数销毁后，基逼紧急成立"海葵"，决定人工甄别、清扫余下的情绪垃圾。刚进入"海葵"那会儿，他自然是自豪的。要知道入选"海葵"首先得通过一系列的情绪测试，而能通过此类情绪测试的人更可谓万里挑一。可渐渐地，他发现清扫工作变得越来越重复、机械，就像是进入一片无边的、永无出口的森林。

诚然，留在管豹上的图片、文字不计其数，但那毕竟只是一个固定数。理论上讲，只要继续清扫下去，它们迟早会全部消失。但奇怪的是，垃圾总值在一段时间的骤减后，减速趋于缓慢。更奇怪的是每个人的工作量并没有减少，至少每月一次的部门汇报上是这样显示的。

究竟是哪里出了问题？他很想问问其他人是否也有同样的感觉。但旋即被否定了。进入"海葵"的第一天，宋明朗告诉过他，这项工作看似单调、重复，但却是整个基遍赖以正常运作的基石。无论如何，绝不能乱了心绪。然而此刻，他听到心底冰裂的声音。

因为巴比伦的叛军？他想了想，回答。大灾变后，勒弥创建了人类永恒的净土——基遍，但还有一小部分人自甘堕落，被流放到了巴比伦。两者秉承的信念虽然不同，但多年来一直相安无事。除了那一小撮叛军。

你真觉得是因为那些叛军？宋明朗将笑容收住了。是，否则还能有什么？"海葵"本身。他没想到宋明朗会如此轻易地说出这四个字。可……原因呢？原因我也不清楚。可这……未免也太荒诞了吧。这个世界本来就荒诞。他一脸惊愕地望着宋明朗。那以后，他便再也没见到他。

猫朝他跑过来，嗅了嗅他的脚后跟。猫通身雪白。他蹲下身子，发现猫的两只眼睛颜色不一，一只呈水蓝色，另一只则呈琥珀色。明天中午蔚蓝广场见。朱易站在距离他不远的地方。他还想要问朱易，然而朱易却朝猫招招手，离开了。

蔚蓝广场

蔚蓝广场呈圆形，圆心处设有一个祭坛，祭坛旁摆着一个硕大的深蓝色的香炉，香炉上方有一个白色的天使雕像，天使的两只手拿着一支号，一只脚则踩在那香炉上，祭坛右边是一块巨型屏幕。除此之外，再没有别的什么。

离正午时分还差一刻钟，人群正源源不断地从四方涌来。劳宇在祭坛附近张望了一会儿，并没有看到朱易。他正想着怎么找到朱易，肩膀被人拍了一下。

我就知道你会来。朱易说话时面朝祭坛，并不看他。他也跟朱易一样望向祭坛，不过眼角却扫了下四周。四周人来人往，不少人已经开始祈祷。不得不说，在这里见面的确要比其他地方安全得多。昨晚他一夜没睡好。早上快十点时，才下决心赶来这里。这猫是……他摸不清朱易到底打的什么主意。朱易却把手放在嘴唇前，嘘！

一股烟在香炉前袅袅升起。一个女人不知何时站到了祭坛跟前。女人已经上了岁数。她穿一件淡蓝色的长袍，身后站着十个孩童。她是中央儿童福利院的许以弘院长。每周日中午十二点，蔚蓝广场上都会有一场宁神祈祷仪式。似很多次劳宇在电视上看到的那样，许院长将双手交叉在胸前，口中默念：

　　伟大的勒弥，感谢您拯救了我们。感谢您让我们远离可怕的灾难，赐予我们和平。因为您，愤怒、悲伤、嫉妒、纷争从此再也不能网罗我们。因为您，蓝星得以高挂，星月得以低垂。愿基遍和勒弥永恒！

他跟着众人重复了一遍,听到音乐响起来。十个孩童排列成了人字形,跪在祭坛前。这十个孩子个头一样高,身上均穿一套纯白色的福利院院服。最前头的那个睁着一双大大的眼睛,他开始带头唱:基遍——基遍——我们和平的家园——

头顶一个激灵。第一次听这首《基遍之歌》时他也和他们一般大吧。那时候,基遍刚刚宣布成立。大街上到处是人们欢庆的声音。他和马心瑶走在拥挤的人潮中,忽听得广播里播出一段旋律。基遍——基遍——我们和平的家园——所有人开始跟唱起来。起先,声音很小,慢慢地,声音越来越大,汇成了一片海洋。所有人都在笑,还有人笑着笑着竟哭了起来。他看着这一切,只觉得激动莫名。那时,他又怎么会知道那是属于他们的最后一次狂欢……

那只猫。朱易的声音在歌声中有些含混。嗯?他还想问究竟是怎么回事,朱易却从裤兜里掏出样东西。那是颗珠子。尽管只露出一点,但它仍散发出熟悉的琥珀色的光芒。

镜头

水。很多水不停地涌出来。不过,劳宇看不到水,只能听到水的声音。一块瓷砖,瓷砖是青蓝色的,接着是另一块。镜头就在瓷砖和瓷砖间晃动来晃动去。这样晃动了五分钟。画面上出现了一只水龙头。水龙头是复古式样的,水从水龙头里流出来。接着是一小部分白色,他猜应该是浴缸。浴缸外圈是方形的,里圈有一个半圆形的拐角。镜头在浴缸一角停留了约两分钟,又移到一个肩膀上。肩膀一半露在外面,一半浸在水里。水的颜色有点奇怪。镜头再拉近一点,他才发现那是一片蓝水。深蓝的水正在不断晕染开来……

他的头很晕。关掉视频,那些蓝血仍在不断地朝他涌来。坐在驾驶座上的朱易嘴唇灰白,一对眼睛则呆滞地盯着已经变暗的屏幕。现在,他明白朱易为何要让自己和他一起看了。朱易一定是预感到了什么,但即便如此,视频的内容还是远超乎他的想象。

朱易将车内的广播打开了。广播里播放着《基遍之歌》。基遍——基遍——我们和平的家园——这首歌刚刚他们在广场上听过，但现在听来却无比讽刺。

在"海葵"工作的这些年，劳宇早见惯了这样的场面。身患绝症、亲人离去、和相爱的人分开、被最亲密的人出卖……如果说，当他浏览这些信息时，还有可能产生微弱的情绪波动，那么当他从情绪清洗室里出来，他的脑袋一片空荡。确切地说，也不是真的空荡。患病、失恋、意外等事件还在，但事件本身所夹带的情绪被抽走了。就像他小时候鼻塞时吃饭，他嘴里咀嚼着食物，但一点味道也尝不出来。

你们面对的不仅是管豹，更是一个个无处安放的灵魂。切记，只要那些情绪存在一天，那些不安的灵魂便有可能撼动基遍。而你们——是天选之子，是基遍的安魂师。宋明朗标准的四十五度笑容凝固了，眼睛紧闭，脸庞浮肿。那场可怕的大灾变仿佛又回来了。

朱易把广播关了。宋部长调走前曾和我谈起过他的猫。当时，我们在珊瑚群间散步，他忽然问我有没有养宠物？我说没有。他说他有一只很特别的猫。平时，两只眼睛全是水蓝色的，但有时，一只眼睛会变成琥珀色。我当他是在开玩笑,没往心里去。他调走后的第二天,我在住宅门口看见了一只猫。那猫见了我也不躲闪,反而一下跳到我的脚上。我把它踢开,它又跳上来。如此反复几次,再看到它的眼睛时,我一下明白了,这是宋部长的猫。

所以,你在眼珠里发现了这个?不错。那只猫一直被关在屋子里。那天,我刚开门,它就窜了出去。我一路跟着它,直到找到了你。我们都是宋部长要找的人。他接着朱易的话道。假设猫的身上装上气味追踪器,一切就都解释得通了。但还有一个问题,为什么偏偏是他们?

一阵漫长的缄默后,还是朱易先开了口。我们现在还有机会。朱易把珠子放在他手心。毁掉这颗眼珠,就当什么都没发生过。

复现

这天傍晚,劳宇使用完情绪清洗器后,并没有空荡荡之感。镜头里宋明朗那张浮肿的脸和某种情绪始终萦绕着他。那种情绪并不强烈（情绪指针上的情绪数值几乎没怎么动），但它犹如残留在身体里的极小剂量的毒素，正一点一点侵蚀着他。

进入"海葵"前，曾有人提出，万一使用情绪处理器却没有达到预期效果，该怎么办？很好。当时负责给他们这些学员培训的就是宋明朗。这种情况我们管它叫情绪复现。一旦出现情绪复现，可以按下情绪清洗室的蓝色紧急按钮。不过，到目前为止，"海葵"还没有出现过这样的案例。因为——宋明朗顿了顿，接着道，虽然我们的工作要面对大量的负面情绪，但你首先必须坚信你有这样的能力，更要坚信"海葵"拥有这样的能力。第二天，那个学员便被开除了。

他在沙发上干坐了会儿，决定给宁潇潇打个电话。电话无人接听，他把电话挂了。他忽然很想抽根烟。过去有一阵，劳青峰总爱在阳台上抽烟。那阳台小得跟块豆腐干似的，没多久，烟味便顺着窗户飘进了屋内。马心瑶呢，总会装作不经意地往阳台上晃荡。关窗啦，晾衣服啦。马心瑶虽然不说，但心思全摆在脸上。后来，劳青峰干脆转移阵地，跑外头去了。马心瑶便只能对着空阳台和不明就里的劳宇叹气。

不过,劳宇后来也没抽过烟。基遍成立后不久,发布了一系列禁酒、禁烟等法令。宁潇潇的电话打过来了,刚刚在忙,明天来我这?好……嗯?怎么了?没什么。明天见。好,明天见。

挂了电话,来访系统提醒他有人来访。来人不是别人,是朱易。猫不见了。朱易还没进门就说。中午,他俩分开时,那猫还在后座上。猫缺了一只眼珠,看上去有些瘆人。也许上头没公布是为了不引起不必要的恐慌。是啊。朱易盯着他手心里的那颗珠子,所以,其实也没什么。话是这样讲没错,但他最后也没动手。

我把猫安置好,出去一趟,回来猫就不见了。朱易说完,又补充了句,我确定走前把门锁上了。珠子呢?放回去了。哦。他不再说话了。这么说,他们应该已经抓到那只猫以及猫身上的眼珠了。不过,眼下显然不是担心眼珠的时候,说话间,一辆警车停在了屋外。

一男一女两个警察走了进来。那个男的他见过,就是之前那个年轻的警察。女的烫一头灰蓝的大波浪,一根皮带将她的腰身勾勒得相当纤细。跟我们走一趟吧。女警察说。

边站

警车的内部比他想象中的宽敞。女警察和程博分坐在驾驶室和副驾驶座上,他和朱易则被戴上电子手铐,并排坐在后座。

车子很快开动起来。女警官按动一个开关,整辆车便形成一个密闭的空间。他没法看到车外的景色,也没法猜测车子行进的方向,所能看到的只有一片光,在黑暗中幽蓝幽蓝。

朱易已经睡着了。自从女警官和程博出现后,朱易反而像是松了一口气。现在好了,什么也不用担心了。是啊,接下来他们不用再纠结了。可他们将会被带去哪里?又将遭受什么样的审判?他还想开口,被女警察粗暴地打断了。说什么呢?都给我闭嘴。他只好咽了口唾沫,把要说的话咽了下去。

许是什么也看不到的缘故,渐渐地,他不再思索这些。在这幽蓝的光影中,时间像是静止了。什么都静止了。也不知过了多久,忽地传来一个声音。米娅!他一惊,这才发觉车又重新变回了原有的模式。车窗外白亮亮的。再看旁边的朱易,他还在睡着。他的脑袋死死地靠在车窗上,要不是他的胸脯还在一起一伏,他甚至以为他死了。

米娅!又是一声。米娅甩了甩她那头灰蓝的大波浪,吵死了。车一下停住了。一个穿制服的男人朝他们走来。程博打开车窗,我们是三十九区的,在执行任务。请先确认下身份。米娅把脸转了过来,怎么,连我们都要查?不好意思,上头规定所有过站的都要检查。可我们以前来从没被查。不好意思,这是最新的规定。

明白了。程博亮出前额的身份芯片。我们在执行任务,所以希望能快点。可以了。制服男扫描完,挥手让他们离开。

你们到底是什么人?等车子开出一段路,他问。米娅笑了。你说呢?米娅笑得很夸张,他不由得吃了一惊。快别闹了,米娅。程博沉着张脸。好吧。米娅吐了下舌头,不再作声。他只好由着心里的疑问宛若面团一般发酵开来。

地下通道

　　这一带是大片大片的黄土。车子驰过，尘土飞扬，那几间灰蓝色的房屋就若尘海中时隐时现的几个点。自基遍成立以来，所有人力、资源都集中在四百四十九区以内。这四百四十九区又以一区为中心，向四周扩散开去。四百四十九区外是大片的荒漠以及废弃的城市。旧文明世界里产生争端的国境线消失了，如今的国与国之间隔着大片无人居住、认领的区域，而国家看上去更像是大洋上各自飘零的板块。劳宇看着车窗外的黄土，暗自推测这里应该是二百区开外。

　　前方忽然出现了一个岔路口，车子猛地朝右拐弯，加速。米娅！程博一改先前的沉着，叫道。然而米娅并不为所动。车子在高速行进了约一刻钟后，终于停住。眼前是一栋破旧的小楼，楼的顶端呈三角形。外墙掉色严重。劳宇揉了下眼睛，发现有块蓝色下面居然露出一小块红色。真的是红色。

米娅一个跨步从车上跳下。米娅。程博打开车门了，又重新坐回车里。车载系统的显示屏上出现了两个蓝点。蓝点快速移动，正向着他们逼来。快跟我来。劳宇被眼前的事情搞得不明所以。

朱易还在睡着。他怎么办？来不及了。什么意思？他试着用带着电子手铐的手推醒朱易，但怎么都推不醒他。给我下车！马上！劳宇的右肩被枪顶住了。他只好先放下朱易，钻出车子，跟着进到小楼里面。

楼的内部还算宽敞。水泥浇筑的地面上有八根柱子，后方左右两旁各有一个楼梯能通到二楼。这二楼架在一楼之上，实际只有一楼一半的面积。正前方是一块平台。程博在平台上来回走了几步，在一块木板前停下，撬开木板。劳宇看到了一条通道，通道很深、很窄。他走在程博后头。在手电筒的照射下，他看到通道两旁的许多粗糙的雕像。有的雕像旁还刻着字：

我将你常摆在我面前，因你在我右边，我便不至摇动；

我虽然行过死荫的幽谷，也不怕遭害，因为你与我同在；

  你的杖，你的竿，都安慰我。

  除此之外，还有些乱七八糟的字，他一时看不明白。

  再往前走上一段，里面豁然变宽、变大，像是从一个瓶颈处忽然就来到了瓶子的内部。"瓶颈处"刻有一头大的西西里公牛。公牛由黄铜所铸，边上有一扇门。人被关进去后，门会锁上，公牛底下会放一团火，直至公牛被加热变成黄色。所有进入到公牛里的人无一例外都会在痛苦的惨叫声中被活活烧死。而公牛本身更是放大了这些惨叫，使得那些叫声听上去愈加惊心动魄……他盯着那头公牛，不自觉地朝边上退了两步。脚下被什么东西绊倒了。在手电筒的微弱的光线下，他看到了一根骨头。骨头很白，完整地连在另一根骨头上。那么多的骨头齐齐整整地排列成了一圈，以至于他产生了一种错觉：下一秒，他们就会站起来。

  真的就有东西站起来。那东西晃动着，向他猛扑过来。他一惊，原来是米娅。谁让你们进来的？出去！都给我出去！米娅，我们惹上麻烦了。哼。来就来，谁怕谁。大不了和他们同归于尽。现在不是意气用事的时候。我知道你在怪我自作主张来这里。我没有怪你。是吗？真的没有，只是……话音刚落，通道外传来一阵剧烈的响动。程博把手电筒关了。黑暗中，他们听到木板被撬动的声音。

巴比伦

脚步声由远及近，逐渐增强。程博和米娅屏住呼吸，随时准备一场鏖战。但来人却在距离他们不远处停下了。是我。来人留着个寸头。他用手机上的手电筒照了下劳宇，问，就只有他？还有个在外面车上。快走吧。我不走。是米娅的声音。别闹了。再不走，就真的走不了了。

劳宇跟在寸头的后边，出了地下通道。小楼门口停着一辆车。再过去是另两辆车的残骸。其中一辆他认得的，就是他刚刚坐的那辆。朱易——他脱口而出。是和你一起来的那个吧。寸头踢开车旁的一具尸体，打开车门。在"海葵"多年，他早就刀枪不入了。但此刻，他只是盯着那具穿警服的死尸，一动不动。

我同事还在那辆车上。寸头已经发动车子，听到他的话，探出头来。就算你同事没被炸死，他也活不了了。什么意思？看来他们没告诉你啊。看你的手。他低下头，乍看之下，他的手并无什么不妥。再仔细一看，他才发现情绪指针的数值竟然降到了最低值 - 6。不可能。他又看了遍，确实没看错。这是怎么回事？以后会告诉你。你现在要做的就是赶紧上车。如果我不上车呢？他的拗劲上来了。好吧。寸头松开方向盘，你觉得我们是什么？巴比伦的叛军，他想了想，说。从某种意义上也可以这样说。什么叫从某种意义上？你所知道的巴比伦是什么？寸头反问道，是自甘堕落，被流放的少数者的聚集地？还是没有情绪指针、情绪清洗器，人无法控制自己的喜怒哀乐，随时可能暴毙的落后地带？

确实。基遍成立后不久，出台了《基遍法》。为维护基遍的统一、稳定，所有人必须放弃自己原有的信仰。尽管所有人均认为自己的信仰百利无一害，但基于在那次可怕的大灾变中，绝大多数信徒的表现和普通人士无异，且在大灾变后期，由于各派之间的纷争由来已久，还产生了不计其数的杀戮，因此，此项法律的颁布非但没有受到人们的阻挠，反而得到大多数人的拥护。除了小部分不知悔改的人。为避免新一轮的纷争，勒弥给予了他们一块属于他们自己的领地——巴比伦。条件是，两方从此互不干涉……

以上这些劳宇都曾在《基遍史》里读到过。劳宇还记得儿童福利院的老师曾和他们一遍遍地强调被流放到巴比伦的可怕。最早一批去巴比伦的（他们称之为冥顽不灵者）在不到两年的时间全部死亡。当然，就是这样，所有人仍旧拥有一次选择权。在他十四岁那年，老师曾微笑着跟他确认，是选择留下还是被流放。

流放？实际上，他根本连想都没想过这个词。倒不是没法离开情绪指针和情绪清洗器。至少他不存在这个问题。但他经历过那次可怕的大灾变，劳卫国死了，接着是劳青峰……他简直不能想象重新回到那个混乱的世界。

如果我告诉你根本没有什么所谓的巴比伦呢？不可能。我也希望这不是真的。可惜，和我一起来巴比伦的朋友跟你那位同事一样再也没醒来。可是……他还想问,程博扛着米娅出来了。她怎么都不肯走,我把她打晕了。好。寸头说完将头转向他,你现在还坚持不跟我上车吗?

图书博物馆

图书博物馆是全透明的,整个呈一本打开的书的样式。电子信息全面普及后,书的总量大大减少,加之大灾变时遭到严重破坏,书彻底成了过去时代的产物。同其他博物馆一样,图书博物馆设有好多个展厅。展厅内介绍书的发展史,还陈列不同时期用不同材质做成的书籍。所有书籍都经过严格筛选——例如人类历史上几次著名的叛乱事件的书籍均未选入——以避免引起阅读者过分的激动或悲伤。

说起来,宁潇潇认识劳宇还是因为一本书。当时,劳宇来图书馆借书,找来找去没找到便到前台查询。那是最早版本的《基遍史》。宁潇潇查找了一遍系统后,发现书倒是有一本,不过已经被借走了。系统显示那本书早过了归还日期。她试着拨打借阅者的电话,接电话的是个女人。女人表示这是她朋友的电话。至于书到哪里去了,她也不知道。

那你能不能通知一下你的这位朋友?手机突然安静了几秒。他前不久安息了。啊……她还想说声对不起,对方倒先说话了。这样吧。如果我能找到这本书就给你送来。但要实在找不到,就只能赔钱了。

宁潇潇最后也没等来那本书。不过,一来一去,她倒是和劳宇熟络起来。她知道他在"海葵"工作,业余时间喜欢看书。基于情感交往原则,她所知道的也就那么多。每月末,他们会约上一次。通常是在她的住宅。渐渐地,她发现和他一起总会生出一种异样的感觉。那感觉夹杂着恐惧,战栗,还是欢喜?她说不清。

她有多久没有产生这样的感觉了?很长一段时间里,她的生活里就只有母亲。母亲长着一张长脸,自她记事以来,好像从来都没笑过。某天,她正趴在屋外的树下看蚂蚁,一个男人过来了。男人见了她并不说话,径直进了屋。不一会儿,母亲的哭声响起来。母亲的哭声伴着骂声、扭打声、摔东西声。她抬起头,看到男人怒气冲冲地跑出来。接着是母亲。等母亲独自一人回来后，发现她还在看蚂蚁。

刚刚那个畜生是你父亲。母亲走到她跟前说。他要么不回来，一回来就跟我要钱。我以前还给他，但是从今天起我绝不会再给了。知道为什么吗？因为他在外头有女人，还给他生了杂种。母亲说得恶狠狠的。但母亲接下来的话却让她懵了。母亲说，不要以为我可怜，你母亲也好不到哪里去。要不是她苦苦哀求我，我才不会收留你父亲和她的杂种。

她是过了好久才明白这句话的含义的。但她怎么也不明白生母为何要抛下她，把她交给自己的情敌。她也不明白养母为何收养她。是为了留住父亲，抑或出于某种报复心理？总之，她当时更害怕的是被抛弃。所以，当两个月后基遍成立，她和其他未满十四周岁的孩子被送进各个儿童福利院，她感到的并不是难过，而是解脱。

杨警官

你好。来人的长相有些粗犷，特别是那两条眉毛，简直像一个旋转九十度的加粗版的大于号。五分钟前，张副馆长把他带到宁潇潇跟前。这是十七区警察局的杨嘉伟警官。张副馆长说。几乎同时，她脑子里跳出了劳宇。

和劳宇约好见面的第二天，劳宇没来。打电话过去，劳宇的手机显示关机。当然，这很正常。在基遍，交往的第一原则是自由。谁都不是谁的某某某。谁也别想成为谁的某某某。但当晚临睡前，她看到一段视频。视频里，许多的水正从水龙头里不断地流出来。一只浴缸。浴缸外圈是方形的，里圈有一个半圆形的拐角。一个肩膀（肩膀有些宽）靠在那个拐角上。肩膀底下是一片水。大片大片的蓝正在水中晕染开来。视频最后定格在一张脸上。那张脸她并不认识，却让她莫名想到了劳宇。她犹豫了下，正想保存，视频却不见了。她在网上找了一圈，也没找到。

你认识劳宇吧。果然，杨警官说道。嗯。我查了下你们的交往记录，从交往频率和性伙伴上看——你有三个，他有五个——都符合规定。不过，有一点，我想证实一下，他曾是你在第五儿童福利院时期的同学。

她在脑海里竭力搜索了一遍。从理论上讲，不是没有这种可能。那时，她和一帮未满十四周岁的孩子被呼哩哗啦地分到第五儿童福利院。之后的半年，她又被调换去了另一家。这种调换平均每半年就有一次，一直持续到她年满十四周岁。也因此，她对所有的同学都只留有一点模糊的印象。特别是最开始：女生们哭哭啼啼，男生们倒是好点，但也多半哭丧着脸。这和长大后的他们简直判若两人。然而即便如此，他和其他她交往的男人比，还是过于冷静了。也正因为如此，她不记得见过他。如果他那时候就表现出如此惊人的冷静，她不可能没有印象。

有没有可能，他认出了你，但一直没说？她明白杨警官的意思。虽然《基遍法》没有明文禁止同学交往，但这样显然加大了情感依赖的几率。我想不大可能。哦？因为我感受不到他的情感溢出。事实上，何止是没有溢出。通常，其他男人在和她做爱后，都会借助情绪清洗器将自己从亢奋中剥离出来。但他不。几乎在射的一瞬间他便同整件事割裂了。这样的他又怎么可能认出她并对她产生情感依赖？

劳宇他到底出了什么事？见杨警官没吭声，她问。抱歉。杨警官微微颔首。恕我不能告诉你。不过，要是你想到什么，请第一时间通知我。

梦

大门牌匾提醒他这不是真的。牌匾上印着"松栀实验小学"，不久它将被改成"第五儿童福利院"。可当他和其他孩子一个个地从卡车上跳下，顺着大门走进院内，那种混乱而又熟悉的气味仍是一下击中了他。

花坛里的植株被清理干净了，只剩下一个圆的光秃秃的水泥坛子。走过花坛，是一个门厅。门厅两旁原本挂着的画像被清空了。一张爱因斯坦的画像还在，画像外碎裂的玻璃把爱因斯坦的脸割得分崩离析。

教室外墙是淡黄色的，当然不久就会被刷成天蓝色。一个蓝衣服的女人领着他和另外四十九个孩子到门厅后的第三间教室。从今天起，你们就都归我管了。我叫沈雪梅。你们可以叫我沈老师。他看着沈老师阴森森的脸，忽听得有人哭了起来。这哭声好比是一记引爆，紧接着整个教室都爆发出了哭喊声。

大约六个钟头前,他和马心瑶被一个士兵带到一块空地。空地上早站着许多人了。他和马心瑶被分到两列队伍里。他所在的这列都是和他一般大的孩子。马心瑶站在另一列队伍的前面,她和其他男男女女被士兵指挥着朝右走去。右边停着一辆大的敞篷卡车。他看到一个人爬上去了,接着是下一个。轮到马心瑶时,她趁爬上敞篷卡车的当口,突然往他这边望了一下。敞篷车很快被塞成黑压压的一片,他只觉胸口一紧,再也找不到她了。等最后两个士兵爬上去后,敞篷车摇晃着开走了。

那些都是被污染了的。矮个子士兵左手拿着把步枪,右手在枪上来回抚摸着。你们比他们幸运,还有在福利院里改造的机会。又一辆敞篷车呼啸着离去。他站在队伍中间,屏住呼吸。没有人哭,连一个人也没有。所有人似乎都被一股奇异的力量攫获了。但眼下,他听着此起彼伏的哭声,不禁放声大哭起来。

哭哭哭!就知道哭!谁再敢哭一声。在沈老师的吊嗓门中,孩子们哭得更厉害了。他也没命似的哭着,冷不丁看到角落里坐着个女孩。女孩剪着个童发,眼睛很圆，面无表情地坐在那里。他不由得停止哭泣，然而仅仅过了两秒钟，他又哇哇大哭起来。

太阳

醒来时，眼前是一个灰色的石洞。石洞不大，约莫六个平方。石洞外是一个更大的石洞。许多人躺着，每个人的身下都铺着张席子，人或平躺或侧躺在席子上头。

他在人和人之间的空隙中穿梭，发现这些人里没一个是他认识的。洞外，一轮红日正在山头探出一角。尽管只是一角，却足以将天空映得通红。他怔怔地立在原地，不禁怀疑自己仍在梦中……

刚去除情绪指针的人总喜欢这样直视太阳。他一回头，原来是寸头。不过，你的眼睛马上就会提醒你了。像是为了证明寸头说的，眼睛出现了刺痛。他下意识捂住眼睛。你说……这是太阳？不然，你以为是什么？那蓝星呢？他所知道的太阳——蓝星的前身经过彻底改造已然成了一颗平和的恒星。

寸头没有立即回答他。我还记得我第一次看到蓝星是在安装完情绪指针后的第三年。那时，我们这些超过十四周岁的幸存者，早已成为了基遍的一分子。我是幸运的，毕竟和那些动辄被清除的人们比，我还活着；然而，我又是不幸的。尽管那些人不是因我而死，但我的存在却像是平白地偷走了他人的生命。这种思绪一直困扰着我。但更叫我痛苦的是我不被允许痛苦。一方面，我真切地希望体验痛苦，另一方面却又不得不靠情绪指针、情绪清洗器摆脱痛苦。所以，那天当我看到蓝星时，我被震撼住了。它是那样美丽、纯净，叫我再也没法忍受这样的生活。

听上去很讽刺是不是？但事实就是如此。我做好准备，离开情绪指针、情绪清洗器，离开基遍。流放名单很快出来了，因为总共只有一百来人（中途还有人放弃）。我们这些仍然坚持的则被押上一列火车，摘掉情绪指针。一路上，我们都有些忐忑，同时又有一种说不出的自在。我们以为做好了承受一切的准备——没有了情绪指针和情绪清洗器，我们必然会坠入情绪之渊。更不幸的，还极有可能重蹈覆辙——但我们都错了。

我是在醒来后才意识到自己睡了很久的。四周黑黢黢的，能听到列车轧过铁轨时发出的轰隆声。我试图叫醒我身边的那个人，就在之前，我还和他互相打趣，我们在巴比伦或许都活不过十年。但无论我怎么摇他，他都醒不过来。

有人朝这里走过来了。我倏地意识到我得和其他人一样。果然，他们从我身边经过，边用手推搡着边说，这里没问题，这里也没问题。某种比死亡更可怖的感觉拢住了我。我还活着，但我活着本身就是他们最大的威胁。也就在那一瞬间，一个赤红的东西从地平线上升起，若某样活物般跌进了我的眼帘。我看呆了，旋即明白一切都是值得的。

太阳其实一直都是太阳？寸头瞥了眼他手上的情绪指针，还记得情绪指针第一次升级吗？那以后我们就好比成了色盲。他们希望的色盲。劳宇想起小楼外墙下的红色。可这究竟是为什么？为什么？因为这——就是真相。

宁潇潇

周日的蔚蓝广场人流众多。宁潇潇站在广场中央深蓝色的香炉底下。香炉上方有一个白色的天使雕像。头一次来这，她就这样久久地盯着那个雕像。然后，她听到一阵骚动。许院长和十个孩童站在祭坛前。许院长已经老了。她原本光滑的肌肤松弛了，脖颈上多了许多道深的颈纹。

宁潇潇是无意间看到许院长的。那天，她正在刷牙，冷不防看到洗漱台上的电视屏幕里出现了一个女人。女人穿一件淡蓝色的长袍，戴一顶白色的燕尾帽。鉴于中央福利院对于基遍做出的贡献，从今天起，蔚蓝广场的宁神祈祷仪式将由中央福利院的许以弘院长主持。主持人的声音圆浑、悦耳，她一下想起来，这个女人她认识的。

那时，她和一帮孩子被带到第五福利院。一个蓝衣服的女人（此人自称沈老师）将他们领进一间教室。起先，教室里很安静，只能听到沈老师极具特色的吊嗓门。但不知谁先哭了一声，所有人都开始哭起来。哭哭哭！就知道哭！沈老师发怒了，她瞪大的眼睛在她那阴翳的脸上显得愈加可怖。孩子们若受惊的鸟儿一般哭得更厉害了。

门忽然开了。一个女人走了进来。女人算不得年轻，但她的方脸上却透着一种难以言说的温柔。想哭就哭吧。女人的说话声很轻，但奇怪的是，那句话却掷地有声般落入了她的耳朵。让他们哭？沈老师叫了起来，你知不知道他们已经哭个没完没了？我知道。知道你还……反正——女人扫了一眼孩子们道，这是他们最后一次哭了。

她是后来才明白这句话的含义的。来福利院后的一个星期，所有孩子都被要求安装情绪指针。这是为你们好。装上这个，就永远都不会有大灾变了。但沈老师的话加剧了所有人的恐惧。所有孩子都号啕大哭起来。她蹲在角落，漠然地看着这一切，听到有人叫她。

宁潇潇。她昂起头，看到女人在朝她招手。她站起身，从一帮哭泣的孩子中穿过去。你没有哭。女人的手抚过她的头发、下巴尖。她没有说话。如果说此前，她还要看养母的脸色,害怕养母将她赶走,那么现在她没什么好怕的了。那她又有什么好哭的呢?

女人将她的下巴尖托起。你和他们不一样。你不害怕,对吗?女人的指甲戳得她有点痛。她的眼睛直视着女人,没有点头亦没有摇头。女人把她的手放下了。很好。你将会是我们中间的第一个新生力量。

情绪指针

后来,她回想起那天并没有什么特别的感觉。她被女人(现在,她知道她叫许老师)带进一间教室。教室其实就在隔壁,如今被改造成一间手术室。一个穿着白大褂的男人坐在那里。他和许老师交谈了会儿,要求她脱光衣服。她的内裤还是几年前买的,洗多了,上面有个破洞。她犹豫了下,到底照做了。接下来的事就容易多了,她在教室中央的那块木板上躺下,任由男人给她打了一剂麻醉针。

再次醒来时,她发现自己躺在一张床上。床很窄,由两块板拼成。她翻了个身,正想要爬起。手腕上的一样东西吸引了她。那是一个表盘。表盘嵌在手腕里，上头刻有零到六的数字，每两个数字之间又分五个小格。和普通手表不一样的是，它的左右两边呈对称状，即除了数字"零"和"六"外，其他几个数字左右各有一个。一根约一厘米长、一毫米宽的指针正指向数字零。

快看，她醒了。她还没来得及研究，有人从外头吵嚷着进来了。女孩端着个脸盆，手腕上也有一个表盘。不。不仅仅是她。所有后边进来的孩子的手腕上都有一个和她一模一样的表盘。

你们的手？你说情绪指针啊。女孩显得漫不经心。你醒得太晚了。你都睡了三天了。她还想问下去，女孩却匆忙将脸盆放下了。我们要去上课了。上课？对啊，再不去就要迟到了。她看着匆匆离去的孩子们，不禁感到了巨大的失落。

千百年来，人类一直在追求所谓的自由。当历史的长河流经漫漫长夜，终于汇聚成一条欲望的深河，所有人随心所欲，不加约束，以为那就是所谓的自由。可那并不是真正的自由。许老师的音量提高了。那是一个沼泽。它吸引着你，捆绑着你，直到你被它死死缠住，再也没法挣扎……再后来，你们都看到了。人们变得亢奋、狂躁，要不就是抑郁、厌世。幸好伟大的勒弥拯救了我们，让我们有了情绪指针、情绪清洗器。许老师缓了口气，尽管现阶段的情绪清洗器很少，但相信不久的将来，整个基遍都会推广普及。到时，这里就是人类世界的一块净土，有永远的祥和、安宁以及自由。

永远的祥和、安宁以及自由。她瞥了眼手腕上的表盘。指针朝右指向右边的第一小格。经过这几天的学习，她已然知悉了指针的使用规则：以表的右半边为例，指针从零开始顺时针数，每小格代表 0.2 个情绪数值，六为最大情绪值。其中指针在数值零到一以内为轻微波动，一到二为中度，二到三则为重度。尽管最大情绪值为六，但事实上，三便已经是人们公认的最大限度。手表左右两边呈对称状，因此朝左亦然。只不过那些数值前要加上一个负号。

念小学一年级时，班主任老师要求每个孩子都带一个玩具来学校，和同学互换，以增进友谊。到家后，她第一时间就把这个消息告诉了养母。玩具？什么玩具？

当时，养母正拿着个罐头，听到她的话后神情骤变。她都不抱奢望了。但吃晚饭的时候，她却忽地谈起家里的木箱里好像有个洋娃娃。

养母的话最后当然没能兑现。木箱上有把锁，她甚至没能打开那只木箱。再过一阵，父亲回来了，养母开始又哭又骂。她一度以为自己永远都脱离不了那样的生活，直到她来到这里。但此刻，她看着那一只只同她一样安装上了情绪指针的手，她明白自己又错了。

骚乱

水。很多水从某个地方不停地涌出来。一块瓷砖，瓷砖是青蓝色的，接着是另一块。镜头就在瓷砖和瓷砖间晃动来晃动去。这样晃动了五分钟。画面上出现了一只水龙头。水龙头是复古式样的，水从水龙头里流出来。和头一次看这段视频不同，接下去的画面劳宇不用看也知道。果真，镜头里出现了一个肩膀，血红的水正在不断晕染开来……

宋明朗眼睛紧闭。头一次看到宋明朗那张脸，他只觉无法呼吸。他甚至不敢触碰那个字眼——那个字眼在大灾变时他早听麻木了，可这是在自杀率为零的基遍啊。但眼下，当他重新审视这张脸，竟感到了一丝嘲讽。

的确是嘲讽。宋明朗的笑容，即使是死亡也没带走的四十五度笑容，和平时略微有些不同（他的右嘴角比平时略上扬了一点）。尽管只是一点，但他还是觉察到了本质的区别。他倒抽一口气，看到视频里宋明朗的脸越来越远。他这才发现那其实是一块屏幕。屏幕左边有一个祭坛。一个孩子正跪在祭坛的最前头。孩子的嘴巴张得老大，突然，毫无预兆地栽下去了。

人群骚动起来。安静！所有人安静！许院长将双手举起，掌心朝下。不知道是谁高喊了声，打倒巴比伦！打倒叛军！安静——许院长神情凝重，有关如何对付巴比伦，勒弥自会定夺。我们要做的是彻底清洗身心，免得被此扰乱心绪。

人群变得安静了。一队医护人员急匆匆跑过来。他们将倒地的孩子抬到担架上（后来又有孩子陆续倒地），抬走，只剩下没有倒地的两个孩子茫茫然地跪在那里。

孩子们,我们继续。许院长起了头,《基遍之歌》便再次回荡在了蔚蓝广场上。

你们刚才看到了什么?忽然,一个男声划破了柔和的歌声。漆黑的屏幕亮了,宋明朗的脸再次出现在了屏幕上。这是"海葵"Ⅶ部门的宋明朗部长。不久前,他在家中自杀,但却被隐瞒了,人们仅仅被告知此事,他调去了别的机构。试想——镜头快速从惊愕的人群切换到宋明朗的脸上——一个基遍的保密机构的元老成员为何要自杀?不错。真相就是……

屏幕上出现了雪花。雪花持续了一分钟左右,消失了。一张深蓝色的皮椅出现在屏幕中央。一个男人背对着大家坐在皮椅上。男人披一件大的深蓝色斗篷,连同头部被一齐裹在斗篷帽里。

勒弥。劳宇脱口而出。妈的!寸头一把夺过他手里的手机。到底还是被他们切断了。

机器

晚饭是面糊糊。寸头将一个木碗递给他,说,吃吧。他接过,吃了起来。这是这一天的第三顿面食。即使在饮食管控相当严格的基遍,食物也不至于如此匮乏。现在是最艰难的时刻。等胜利了,一切都会好起来。

他把木碗放下。我还是不明白。嗯?那只猫明明不见了,还是说你们找到它了?你说可可啊。可可应该被抓了吧。可那个视频?那是备份。原来如此。他想起自己和朱易还为了到底该如何处置可可而伤透了脑筋。我们是故意让他们抓到可可的。什么?寸头笑了笑,兵家大忌是什么?无非是军心涣散。你想,警察看了那段视频,还不动摇军心?哦。他恍然大悟。那那些孩子呢?他们怎么会突然倒下?

这个嘛,就全靠程博了。原来程博曾进入警察内部的保密系统,他在原有的程序上做了些改动,改成可以远程设置具体的解锁时间。只是,这里头还有麻烦。要知道每个情绪指针都有一个不同的出厂标识,想要解锁相应的程序,就必须先获得它们的标识。所以,接下来就轮到米娅出场了。米娅利用警察的身份混入中央福利院,同这几个孩子接触并获取他们各自的情绪指针标识。不过,今天那么顺利倒是没想到。毕竟谁都不敢保证今天一定会成功。

可惜,还是没来得及说出真相。他一抬头,原来是程博。已经很不错了。寸头见了程博,道,你吃了没?程博并不回答。如果刚刚抓紧时间,直接告诉大家……但那样会没人相信吧。别忘了,我们讨论过这个问题。先吃饭再说,反正现在头疼的应该是基遍军。

可下次就没那么容易进入了。何况,你看了后面没有?我关了。那东西,还不是老一套。没什么可看的。可那是我们置身的现实。程博一脸正色,不管我们做什么,民众只要看到勒弥,依旧会臣服、下跪。我倒更愿意相信他们不是相信,只是不敢反抗。也可能——是不敢相信吧。

两人不再说话了。他端着还没吃完的半碗面糊,忽听得寸头问,你相信吗?相信什么?一切。你刚刚看到的一切。一时间,他不知道该怎么回答。他曾切切实实地经历过那个可怕的时代。是勒弥力挽狂澜,才把整个世界拉回到正常的轨道。他也曾对"海葵",对现有的生活产生过疑问。但相信如何,不相信又如何,他不可能也无力改变现状,换取一个更好的未来。

寸头用手指指洞外,你看那些人,他们有的是因为不愿意丢弃原先的信仰来的这里,有的是因为不满基遍的婚姻等制度,还有的则是看不惯勒弥的独断专横……虽然我们人数不多,能幸存下来的更是少之又少,但是来这里的每一个人都是心甘情愿的。因为我们坚信在基遍之外还有一个国度,在那个国度里拥有真正的平等和自由。而你不同。你是被我们带到这里来的。所以,你注定对真相毫无反应。就像你没了情绪指针,可你的情绪、思维依然被一个无形的指针束缚、捆绑着。因此,你不会高兴、难过、激动、愤怒……你,你只是一个没有感情的机器。

预感

按钮显示情绪清洗器已经工作完毕。宁潇潇没有即刻拔掉连接器。每次清洗完,她都有一种回到母亲肚子里被羊水包裹的安心感。她喜欢这种安心感。当然,这样说实际上并不正确。谁又能记得待在母亲肚子里的感觉？这不过是一种比方罢了。但那种清洗完毕后的安心感却是真的。

很奇怪，从某种意义上说，宁潇潇和劳宇是同一类人。他们都是万里挑一的情绪极其稳定的人。大部分时间里，她只需自我调控，根本不需要清洗。但和宁潇潇不同（她几乎每天晚上都要输入指令，清洗一次。就好像把原本澄明的房间再打扫一次，为的只是确定它确实很澄明），劳宇似乎不用清洗。尽管她不知道他其他时候如何，但可以肯定的是和她做爱后，他没有一次使用情绪清洗器。

从蔚蓝广场回来后，她的情绪指针朝左偏移，距离数字"二"只剩下了一小格。这在过去是根本不可能的事。刚刚屏幕上出现那片深蓝的水同那张脸时，她就有些不安。她把头转向许院长。从她所站的位置可以看到许院长的脸抽搐了一下。只是一下，但确实是抽搐了。紧接着，事情变得越发诡异。不知道是何原因，儿童唱诗班的几个孩子陆续栽倒在地。广场上闹哄哄的。屏幕在短暂的黑屏后又重新亮了起来。

那是"海葵"Ⅶ部门的宋明朗部长。不久前，他在家中身亡，此事并未公之于众。她踮起脚，努力想在骚乱的人群中看到许院长。但许院长却不见了。直到勒弥出现，她和所有人一样匍匐在地祈祷至结束，她也没看到她。

清洗器上跳动的数字提醒她今天已经清洗了二十三分零六秒。她把连接器从身体里拔出。刹那间，她明白自己在害怕什么。她记起有天，许老师正在给他们上课。沈老师进来了。沈老师几乎是跌撞地跑到许老师身边，将嘴凑到她耳边。许老师呆了下，旋即用手捂住嘴。她跟许老师嘀咕了两句，沈老师这才慌里慌张地出去了。

那天晚上，所有班里的孩子都知道了事实：隔壁班一个叫小薇的女孩死了。据说，小薇最初安装情绪指针十分顺利。可就在她醒来后的第二周，她安装情绪指针的那只手上出现了许多红色的蝴蝶状斑点。蝴蝶状斑点很快遍及她的脖子、胸口、大腿，最后又蔓延到她的脸上。斑点在持续了整整三天后，消失了。她还来不及松一口气，便发起烧来。高烧一直不退。当晚，她便被抬到了一间空教室。

听说还有一个班的人也被拖去了那间教室。一个女孩说。我们会不会也像他们那样忽然发烧，再死掉？又一个女孩说。瞎说。我们不是还好好的嘛？别自己吓自己。你忘啦，隔壁班的老师今天早上还和他们说小薇没事，谁晓得她晚上就……

孩子们吵得越来越激烈，有人开始哭起来。还是一个男孩提议应该想办法把手上的这玩意取出来。男孩的提议得到了大伙的赞同。可问题是，该怎么把它取出来呢？

所有孩子都陷入了久久的沉思之中，谁都没有发现门外站着两个人。那两个人其实已经站了很久了。终于，她们推开门，走了进来。孩子们看着阴着脸的沈老师，尖叫起来。幸好许老师挡在了沈老师前面。他们还小。许老师说完，又把头转向孩子们。想要取出那东西其实很简单。我来帮你们吧。

闪回

他没有生气。即便听到那句"你只是一个没有感情的机器"，他也只是抿了下嘴。这些年来，他见到的实在太多，又有什么可生气的？何况，自从他死里逃生，他就和原来的劳宇没了关系。他从具体的情感中剥离出来，即使不借助情感清洗器亦无喜怒哀乐。不过此时，当他和衣在席子上躺下，许多个影像却在他脑子里不断浮现出来。那些影像由于太过久远，又缺乏佐证，类似很多个闪回。

闪回之一是一只蟋蟀。那蟋蟀个头小，病恹恹的，一望便知品相不佳。但劳宇不在乎。劳宇看这小东西顶两根鞭子似的触角，在笼子里无力地蹦跶几下，乐得咯咯笑。劳卫国给它喂了两天的绿豆，又喂了两天的大米泡饭。等第五天，他起了个大早跑菜市场买胡萝卜、茭白、毛豆和河虾，搅拌了给它吃。

对于劳卫国的做法，劳青峰颇有微词。爸，你也不看看现在的物价贵成什么样，还有闲心给蟋蟀吃。劳卫国咂吧下嘴，怎么？我人是吃不起，这小东西我还养得起。再讲，劳卫国干脆把手一插，大不了我不吃饭，省下的钱给蟋蟀吃。

两人争执不下，马心瑶过来了。马心瑶扯扯劳青峰的袖子,低声道,爸的脾气你还不知道。过几天就好了。劳青峰本来都瘪下去了,马心瑶这么一讲,倔劲又上来了。是,他的脾气我最清楚。可你看看他,自从他出来后,做的哪件事靠谱?一会儿养鸟,一会儿又养泥鳅……可我们有人家那样的经济实力吗?

劳卫国当然没有因为劳青峰的话就不再养蟋蟀。不过这以后,蟋蟀的饲料里再也没出现过河虾。劳青峰看在眼里,心里生出一股窝火,这窝火甚至比之前的更甚。

不过以上这些,劳宇并不晓得。劳宇只关心劳卫国带回来的鸟啊、泥鳅啊。就好比眼前的这只蟋蟀,个头是小,但在劳卫国的精心饲养下,身体竟油光发亮起来。劳卫国边逗笼子里的蟋蟀边叨叨,你不晓得,在古代,可是连皇帝都喜欢斗蟋蟀的。斗蟋蟀?劳宇不明所以。是啊。两只蟋蟀互相撕咬,看哪方获胜。那爷爷你再去抓一只来,我们也玩斗蟋蟀。没有咯。劳卫国手一颤,差点把笼子打翻在地。现在不兴斗蟋蟀啦。为什么?劳卫国却不回答,只呆呆地目视前方。不斗蟋蟀好啊。上有所好,下必甚焉。不过,没有斗蟋蟀,还有斗鸡斗狗斗牛。只要你活在这个世上，就少不了同这个斗那个斗。你不想斗也不行。

劳宇早溜到外头玩去了。大多数时候，他是喜欢劳卫国的。这个他五岁才得以见第一次面的老头，会带他玩各种好玩的，还给他讲故事。但有时，他讲着讲着，就讲出一些奇奇怪怪的话来。那些话太过深奥，连同劳卫国古怪的表情，着实让他觉得无趣。他怎么都没有想到，等天黑透，他推开家门，迎接他的却是死掉的蟋蟀。

那只蟋蟀一直好好的，怎么说死就死了呢？他开始哭起来，任凭劳青峰和马心瑶怎么劝都没用。这时，他惊人地发现，蟋蟀的三对足以及触角被分散在笼子的四处，就像许多个肢解的零件一般……

劳卫国

那晚，劳卫国亲口跟他承认是他解决的蟋蟀。劳卫国表示那只蟋蟀气数已尽。他愣了足有一分钟，才反应过来"气数已尽"的意思。但劳卫国又凭什么确定蟋蟀气数已尽？何况，就算它真的气数已尽，他又有什么资格了断它？他也无法接受劳卫国解决蟋蟀的方式，那么残忍，就像一个刽子手。他更不能接受他做了这样的事后，竟可以如此心安理得地告诉他。他情愿他没有承认，可他偏偏承认了。所以，有那么一会儿，他什么也说不出来，只能任由错愕、悲伤、愤怒在他脑袋里打转。

劳卫国走开了。他错过了质问他的最佳时机，再也没法开口。而劳卫国变得越发怪异。家里不时会出现一些尸体：一只鸟的头，一条四脚蛇的蛇尾又或者一张癞蛤蟆的皮……常常是马心瑶打开锅子，翻开棉被便会发出惊声尖叫。劳卫国仿佛生就了一种网罗小动物的本事，他将这些残缺的尸体抛在家中，又急匆匆寻找下一个目标去了。

有天晚上，劳卫国像平常一样没有回来。他躺在床上，听马心瑶说，这样下去不行。要不我们再劝劝……劝？劳青峰冷哼一声，劝要是有用，他早听进去了。那怎么办？劳青峰沉思了会儿，他要是再不听，我们就换锁。再不行，索性搬家。可他毕竟是你爸。我爸？可你看看他现在哪里还有个人样……

劳青峰的计划最终没有实现。半个月后,劳卫国回到家时完全变了个人。他脸色发黄,脸颊两侧凹陷了进去。马心瑶盛了碗粥给他,但他只喝两口就喝不下了。劳卫国在床上一躺便是三天。三天里,他把吃的东西一股脑儿全吐了出来。一开始是粥,再后来连粥也吐没了,只剩下胃液,黄兮兮的。劳青峰和马心瑶把他送到医院,得到的结果却是他已经到了胰腺癌晚期。

呕吐很快得到解决。下胃管后,一有积液就被抽出,再加上二十四小时一针的吗啡,疼痛也基本得到控制。但医院的费用实在高的惊人,劳卫国住院一星期后,从医院回了家。

接下来的日子成了煎熬。劳卫国的身体每况愈下,但他的神智却比以往任何时候都要清醒。每次,劳青峰他们以为他不行了,但他硬是挺了过去。劳卫国用无比坚强的意志换取了愈加虚弱的身体,以及痛苦。痛苦绵延不绝。也就是这时候,劳青峰决定给劳卫国买一个记忆瓶。尽管记忆瓶的价格和住院费相比,算不得天价,但也是笔不小的费用了,得花劳青峰两个月的工资。

但记忆瓶买来后没几天，劳卫国自杀了。再后来是劳青峰。收到消息那天，全城早乱成一锅粥，到处都是死人。街上出现了好多打砸抢劫的，警察能出动的全出动了。他和马心瑶待在紧锁的房间内。门后是一张餐桌和两把椅子。这间屋子隶属于贫民区，原本根本没有人会打这里的主意。但昨晚，隔壁单元的老太太被勒死在了床上，仅有的一点儿积蓄也被扫荡一空。

桶内的米已经所剩无几。骚乱刚开始流行那阵，马心瑶颇有先见之明地去楼下超市里抢来一袋米。但等这袋米快吃完了，情况也没有丝毫好转。楼里陆续开始断电、断水。也因此，当门外响起敲门声时，马心瑶给劳宇使了个眼色。等他躲进衣柜后，又颤颤地拎了把菜刀藏在身后。

但来人并不是抢劫的。男人翻看手里的一本小册子，又看看马心瑶，问，请问这是劳青峰家吗？马心瑶呆了下。劳青峰已经消失一年了。劳卫国死后，劳青峰性情大变。他开始毫无顾忌地在家抽烟，动不动就发脾气。再后来，他消失了。他甚至没给这个家留下只言片语。

请问你是？我是来通知你的，劳青峰上个礼拜跳海了。跳海？对。跳海，和其他三十九个人一起。他那么久没回家了。现在，告诉我干嘛？马心瑶突然激动起来。我只负责收钱，然后按雇主的要求通知人。至于其他事嘛，我就不清楚了。男人说完，将小册子收好，转身离开。

楼梯又变得空荡荡了，马心瑶哭了起来。马心瑶哭得撕心裂肺。他从衣柜里爬出来，站在马心瑶身后。他以为自己早习惯没有劳青峰的生活。但直到这时，他才意识到自己真的失去父亲了。

米娅

前方传来消息，说是一百九十八区出现了暴动。暴动从一百九十八区一直蔓延到二百零三区，又倏地没了消息。

接下来怎么办？程博眉头微皱。来这里的几天，不难看出程博虽然技术一流，但在战略方针上还得听寸头的。不过他搞不懂一点，既然寸头不喜欢他，为何还要让他来？

正想着，外头传来一个女声。那些孩子怎么样了？原来是米娅。米娅的头发变成了黑色，自从那天她被程博打晕后，他便没见过她。米娅。程博叫了米娅一声，但米娅并不睬他。

这个不需要你担心。我们在商量接下去的计划。没其他的事的话，你可以出去了。不需要我担心？可你之前怎么说的？你说只要获取那些孩子的情绪指针标识就可以解锁他们的情绪指针，还说绝不会伤害他们。

我们确实没有伤害他们。没有伤害？没想到你居然还有脸说出这样的话。你明明知道他们当中有人可能永远都醒不过来。而且，就算他们能成功醒来，基遍又会怎么对他们？你根本不是为了解锁他们的情绪指针。你只是想利用他们制造骚乱。可他们没有错，他们是无辜的。

你不觉得你管得太宽了吗？寸头竖了竖衣领，有时，牺牲是必要的。何况，在那种意义下的生还不如死。所以，你早就打算好牺牲那些无辜的孩子？米娅。你得理解为了保存现有的力量，我们得时刻准备着改变战略并做出牺牲。所以，我爸妈他们也是牺牲品对吧？那么多年的等待，换来的却是被自己人遗弃。你明明知道基遍军不会放过任何叛军，哪怕对方是一具尸体。

寸头冷哼一声，要不是你擅自作主，非要去那里，事情也不会弄到这般地步。我擅自作主？当初是谁跟我信誓旦旦保证只要完成任务，就会把我爸妈还有那些死去的信徒迁出来，入土为安？任何事情都需要全盘考虑，不是你想的那么简单。我不管。米娅朝前猛跨一步，我要见干爹。不好意思，统领现在不方便见你。我怎么知道你不是在骗我？而且——我有理由怀疑你是在自作主张。你可以不信我，但这确实是统领的意思。寸头讲完，不再理会米娅。

程博走过来了，米娅。程博拉起米娅的手，然而却被米娅甩开了。少来。你早就知道这些事了吧。我不知道。不知道？你以为我会相信你的鬼话？不错。躺在那里面的不是你父母的尸骨，在视频里倒下的孩子也与你无关……可这样说来，你们和基遍军又有什么分别？

死里逃生

点点罗罗,马儿吃草,牛儿管稻,点到哪个就是那个人。劳宇和三十来个孩子挤在教室一角,看沈老师玩一种叫"点点罗罗"的游戏。沈老师每念一个字,手指就顺势移到一个孩子的身上,劳宇的心也就跟着这起落的手指一松一紧。

这和头一个被带走的女孩大不相同。那个女孩差不多是自告奋勇要求的。尽管她没有明说,但她的表情、举动无不在表明这没什么可怕的。他不知道她为什么不害怕,就好像那跟吃饭、喝水一样平常。

等女孩走后,剩下的孩子便若一只只待宰的羔羊。不知该说幸还是不幸,沈老师一直没点中他。正所谓伸头一刀,缩头也是一刀。假使他是最早的几个,哪管他再惶恐,再不安,至少来得痛快些。所以,他只能眼睁睁看着那把刀悬在他头顶上,等待它下落的致命一击。

这种感觉像极了他和马心瑶在一起的最后时光。那时,外头到处都是暴动,各种小道消息满天飞。有说边境那边成立军队,脱离了管控的,还有说有人研发出了一种药,专门治疗自杀患者。消息层出不穷,而新一天的消息又迅速湮没了前一天的消息,人根本分辨不清哪个是真哪个是假。

很快,它们变得无关紧要。和真相相比,人们更关心的是食物。在吃完米桶里的最后一粒米后,马心瑶终于打开门,外出了一趟。出门前,她再三叮嘱劳宇,除非听到她的声音,否则绝不能给任何人开门。也绝对绝对不能出去。

劳宇忘了自己是怎么度过的那天。反正他在衣柜里躲了会,便钻出来在房间里玩。但他只玩了会便厌了。妈妈出去多久了?好像永远都不会回来。他的小脑瓜胡乱地思索着,好在马心瑶在半夜终于回来了。事实证明,马心瑶这趟出去是值得的。她带回来一只老南瓜、半筐子土豆(有部分烂了)和一袋过期的面包。马心瑶将这些东西分成了若干份,又严格按规定的量分给劳宇和她自己。

劳宇不知道为了得到这些食物,马心瑶把她能想到的地儿全跑遍了。除了那家请到警察保护的超市(物价当然也是高得吓人），其余的超市早关门了。超市里能被转移的货物全转移了，再不就是被一抢而空。

居民楼一片死寂。这一带离马心瑶家有四站路，小区整体要比马心瑶他们的好。像是为了划清界限似的，这里的每家每户都安装上了保笼。保笼连接成片，因此这里也被称作"保笼区"。"保笼区"再往北便是禁区。禁区原本并不是禁区，马心瑶小时候还曾去过那里。但随着《区域法》的颁布，区域之间变得不可跨越。除了偶尔在电视上看到，大多数时候，它更像是一个超现实的梦。

此刻，大片的保笼在阳光下闪烁着骇人的光。马心瑶抖索着走进楼房，一扇扇地敲门，然而根本没人开门。有些人家的窗户被砸烂了，露出空的房间；还有些人家的保笼是被撬开的。不管怎样，她在这一带来来回回找了半天，也找不到吃的。要不是她拖着疲惫的步伐路过隔壁单元，又鬼使神差地进了那间房（那老太太被勒死后无人问津，就一直那样躺在床上），她就要绝望了。幸而，床底下还有一只老南瓜和半筐子土豆（谁又能想到在那具腐烂的尸体下还会绝处逢生。面包则是她在厨房的柜子里找到的)。然而,等这些食物被吃完,他们再一次山穷水尽。连续两天,马心瑶都找不到任何吃的东西。他躺在马心瑶的手臂里,能切实地听到从干瘪的肚皮里发出的声音。那是死神的召唤。

如今回想起这些,他不知道当时饿死是不是更好的抉择。但他没法抉择。沈老师的手指指向了他。他掸掸手,起身。他应该哭的,然而,他一点也哭不出来。他跟着许老师进了一间房,再醒来时,他发现自己平躺在一块宽敞的平地上,四周是许多和他一样的孩子。他们横七竖八地躺着。他一抬手,不小心碰到左边的那个,那人也没反应。

他的头很晕,喉咙好像随时会冒出火来。他在这些横七竖八的空当间穿梭,发觉腿软得厉害。远处,是"第五儿童福利院"的大门和牌匾。当他半走半爬到达"第五儿童福利院"的门口,两把枪对准了他。谁?哪来的?这时,他看到一个女孩。女孩就在大门后边的花坛边,她独个儿蹲在那里。大概听到这边的响动,她把脸转过来。但她仅仅只是张望了一下,又转回去了。

灵山

外边不知什么时候下起了雨。劳青峰手里抱着个骨灰盒。马心瑶撑着把黑伞。那黑伞原来是用来遮光的。据说人死后见了光便难登极乐世界，可不曾想如今却用来遮雨。

雨越下越大，丝毫没有减弱的意思。等三人挤上中巴车，劳青峰的左半边和那只骨灰盒早湿了。马心瑶本想拿布擦擦，但根本腾不开手。整辆车上挤满了人，大家见了骨灰盒也不避让，只一脸漠然地望着他们。

这辆中巴车的终点是灵山墓地。在劳卫国死前，劳宇从来不知道这个墓地。劳卫国出事后，劳青峰母亲就跟人跑了，所以劳青峰给劳卫国买的是单人墓。可就是这单人墓，价格也贵的离谱。还是马心瑶提议来灵山买。

话说这灵山墓区旁有座监狱。过去，只要监狱里死了人，没人认领，就往灵山上扔。时间一长，灵山便成了乱葬岗。也不知是谁起的头，反正慢慢地，有人在灵山上立起了墓碑。墓碑不多，稀稀拉拉的和乱葬岗融在一起。不久，灵山所在的辖区声称，墓区的所有权归他们所有。先前私自立的墓碑被拆除了，又重新建起了一堆。不过，乱葬岗的尸骸仍在。那些尸骸多，又杂，谁都懒得清理。

劳青峰一开始是不同意把劳卫国葬在灵山的。一来，灵山太远；二来，劳卫国生前最受不了监狱，死后再怎么也不能和监狱沾边；遑论这墓地还沾了乱葬岗。可劳青峰没钱。劳青峰仅有的那点钱在买了记忆瓶后还不够维持全家的开销。

经过六个多钟头的漫长车程，三人总算到达了墓地。管理处就设在山脚下，那是间极其简易的小平房。一条坑坑洼洼的水泥路从管理处通向山顶，随便踩一下便能踩到一个水坑。劳卫国的墓在山的最高处。即便是劳宇这般大的孩子，也能看出这里与山底下那些墓地的差别。这里的墓实在太寒酸了。墓地前只能容下一个人，墓碑上写着劳卫国之墓。除此之外，什么也没有。

雨打在墓碑的名字上，他顿觉一阵阴冷。他试图想起劳卫国的脸，那张他曾经信赖而后又无法理解的脸，但无论他怎么努力都想不起来。他所能想到的仅仅是劳卫国的背影。劳卫国单脚跪在小区门口的那棵桂树下。他将蟋蟀的碎尸倒进一个小土坑，又仔细地埋好。好啊——尘归尘，土归土。好啊——好啊——

叛逃

一整晚，劳宇都没睡踏实。天快要亮时，外头像是起了争吵声。他从地上爬起，看到两个男人正揪住程博的手臂。

放开我！程博的脸扭曲着，眼睛和眉毛拧在了一起。程博！你就不能冷静点？我刚刚都说了派人去追了。你这样贸然跑去追她，不但起不了任何作用，还可能被俘获。我不管。我必须去找她。好吧，就算你找到她了，你觉得她会听你的回来吗？可她实在太危险了。那是她自己的选择。我们能做的就是在不影响大局的情况下尽可能找到她。找到她？你怎么找到她？

程博！寸头停顿了下，你别忘了，要是她的存在威胁到了大局……可她是有原因的。要不是那些孩子……

只要是叛逃，就没有任何理由。我……我要见统领。这正是统领的意思。寸头拍拍手，示意那两个男人将程博放开。好了。你还有更重要的任务。

两个男人的手一松开，程博便瘫软在地上。劳宇立在离程博一米远的地方，不知该进还是退。程博却突然开口了，她是我妹妹。劳宇的脑子里闪现出那些骨头。那些骨头齐整整地排列在那个地下室里。他还想到米娅痛心疾首地指责程博，认为他的所作所为和基遍军没有区别。

那也是你的父母……不错。程博苦笑了下。不过，米娅一直不知道。她甚至都不知道自己还有个哥哥。

那个人

车子驶进五十三区的一条小路。出发前，杨嘉伟特意选了自己的车。自从上次在图书馆见到宁潇潇后不久，上头下达命令，要求他们不再追查，转而由别的部门负责。不过，杨嘉伟私底下还是决定跟进。这当然有可能会给他带来麻烦，但他想到了程博。

他咬了下嘴唇。很难解释他为何要冒这样的险。一直以来，他都是孑然一人。基遍成立以前，他在部队服役；等基遍成立后，他又混迹于各个警察局。应该说，他是成功的。他和所有人都保持着距离，完美地谨守各项法规。但这种状况在程博不见时消失了。

和程博共事的这四年，他并没有什么不同。加上再过两个月，他在十七区的任期即将结束（工作岗位每五年就更换一次）。因此，也就很难解释他的这种改变。也许是因为过了天命之年，又也许是因为整件事太过古怪，激起了他早以为被泯灭的好奇心。最开始是程博失踪，接着是劳宇。局里有传言，劳宇的失踪和程博有关。尽管这个传言很快被封锁，但他听说后，还是吃惊不小。再往后，他被告知不再负责此案。

他吸了口气。他翻阅过程博、劳宇和宋明朗的档案。从档案上看，除了劳宇和宋明朗有上下级关系，他找不出其他任何交集。程博最早是在第二百八十九福利院就读的（后又转过几所福利院）。毕业后，他进了警校，再分配到十七区警察局。劳宇最早就读的是第五福利院，而后转入中央福利院，毕业分配到"海葵"。至于宋明朗的情况比较神秘。他在"海葵"以前是干什么的，档案里没有注明。

程博究竟认不认识宋明朗？和劳宇又是什么关系？这一连串的问题剪不断理还乱，使得他根本无从下手。偏偏以上三人死的死，失踪的失踪，他只好把目标转移到宁潇潇身上。

宁潇潇从住宅里出来了。宁潇潇穿一件和上次一样的深蓝色工作服，钻进了一辆车里。车子开动起来。他尾随着她，来到蔚蓝广场。

蔚蓝广场上已经有好多人了。许院长和十个孩童准时站到了祭坛前。依照程序，接下来便是庄严的宁神仪式。但毫无预兆地，一张脸出现在了大屏幕上。那张脸他曾在手机上见过一次，可还来不及细看便被删除了。此刻，在大屏幕的定格下，他蓦然发现一颗黑痣。黑痣很圆，不算太大，就在他左耳的耳垂上。尽管过了那么多年，且他的样子有了很大变化，但他可以肯定，他就是那个人。

新兵连

新兵连拉练的第三天,部队进入一座峡谷。这一带的山算不上雄伟,却十分险峻。一条泥路弯弯曲曲,人还想瞅个究竟,前边一弯,便倏地没了踪影。

杨嘉伟踩在黄泥路上。背囊和步枪沉得要命,昨晚脚底新起的水泡又钻心地疼。他咬紧牙关,拼命跟上队伍。然而就是这样,他还是听到了班长的训斥声。流血流汗不流泪,掉皮掉肉不掉队。看看你们磨蹭的。就这么点能耐,还怎么上战场?班长皮肤黝黑,五官格外分明。刚来报到那会,他是整个新兵三班的偶像。持枪、跑步、过障碍、扔手榴弹,就没有他做不好的。当然,脾气也爆得吓人。所以,当一个钟头前,有人不小心崴了脚,气得班长扯着那人的头发大骂,他娘的!走个路都崴脚。你他娘的不会走路啊!

不过,任凭班长再怎么骂,那人也没法继续赶路。汇报给连里,连里回复是营地里的车全外出了,最早也要等到两小时后来接。把他一人丢在这吧,不大妥当;

背他走吧,又实在麻烦。想了想,还是决定找一个人陪他留在原地。

那个幸运的名额没能落到杨嘉伟头上。他还想举手,就被班长锐利的目光逼退了。别以为我不知道你们心里打的什么主意。你们想留在这里,然后就不用拉练了是吧?想得美!我偏要找平常最肯吃苦的。杨嘉伟的算盘落了空。折腾了半天不说,还被其他班远远甩在后边。

快点!快!快!班长显然急了。一路上,他都跟催命似的。但整支队伍就好像生锈的机器,怎么都快不起来。偏偏杨嘉伟的肚子又不争气地叫起来。来当兵的这四个月,他就没吃过一顿好的。白菜、土豆、萝卜,再不就是粉条。唯一一顿芹菜肉馅的饺子还是他们自己包的。煮熟了捞起来,皮归皮,馅儿归馅儿,全是散的。他嚼着那软塌塌的饺子皮和几乎尝不出肉味来的馅儿,一时间五味杂陈。

新兵的家境大多都不怎么样,但杨嘉伟不同。杨嘉伟的父母是外科医生。从小,他们就把他当接班人培养。偏偏杨嘉伟对读书、手术刀这些没兴趣,他感兴趣的是军刀、手枪。高中毕业,他偷偷报名参军。为这事,父亲气得几天没跟他说一句话。他母亲呢,一个劲地劝他如果真的不想当医生,也可以等考取别的专业以后再当兵。毕竟这样政策上要优惠得多。但母亲把口水都说干了,也没劝动他。他天真地以为凭自己的一己之力,能在部队混出个人样来,再让他们看看。但直到到了这里,他才发觉现实和想象根本是两码事。

连里条件差,训练苦,但最叫他沮丧的还是他发现自己并不适合。新兵报到的第三天,班里有人自杀。听说那人家里穷,本来不想来当兵的。上头对此要求严格保密,传话谁说出去一律军令处置。他不知道他为什么要自杀,心里怵得慌。但其他人却不以为意。现在的年轻人,这么点苦都吃不了,还能干什么?他们说着嘻嘻哈哈地走开了。

前脚掌硌到了一块大石头,他疼得差点喊出声来。现在,他是真想家了。想念母亲做的一手好菜,想念温暖的被窝。他还想着回去父亲会如何数落他,右脸被重重地打了一记。他娘的!你是瞎了还是聋了?班长的骂声若一把磨刀。快他娘的给我跟上!

右脸火辣辣地疼。脚底的疼痛被暂时忘却了。他跟着队伍小跑起来。等回到营地，天早黑了。整个营地一团漆黑，连一盏灯也没亮。她娘的，见鬼了。班长嘀咕了声。他晓得班长的意思。且不说他们前面的队伍早该到了，就是中途留在原地的那两人也该随车到达。退一万步讲，就算他们真的没到，营地也有留守人员，可眼下这营地就跟鬼屋似的。

黑暗中忽然传来一声冷枪。谁？你们是谁？没有人回答。只有班长的声音在阴冷的空气中飘荡。又是一声冷枪。谁？你们到底是谁？然而那个谁字拖长了三秒便掉下去了。一颗空包弹打中了班长的后脑勺，他甚至没听到对方的回答就扑倒在了地上。

即刻清理

敞篷卡车里塞满了人。一个钟头前，杨嘉伟领取这些人，并将他们运送到指定地点。这是杨嘉伟今天运送的第三车。每天，他都要重复这样的操作。按说，大灾变爆发以来，每天都有数以万计的人丧生，幸存者实在是少之又少。但直到下达"大清洗"命令，他才发现人还是过多了。

他和章睿守在卡车的最外面。章睿左腿边蜷缩着一个老太婆。老太婆头发花白，她大概发了烧，从上车起就抖个没完。老太婆的右边是一个中年妇女。她大概是老太婆的女儿，时不时地摸一下老太婆的额头。中年妇女再过去是一个男人。此人的前额有些宽，一双眼睛愣愣地盯着前方，也不知道在看什么。他之所以特别注意这个人，除了因为离他比较近以外，还因为他是这辆车上将要被清洗的唯一一个男人。未满十四周岁的孩子早被分开了。剩下一帮多为女人，根本构不成威胁。

他将视线转移到卡车外头。柏油马路上光秃秃的，连一棵树都没有。命运这玩意你有时不得不承认它的神奇。一年前，他还是个新兵蛋子，想要混出点名堂来，可慢慢地，他对营地的训练、制度越来越反感。就在他打算好退伍回家时，营地却遭遇突袭。

突袭营地的是一支义军队伍。在营地的这些日子，尽管消息闭塞，但他多少还是听说了一些义军的消息。听说义军出现后，民众起先一边倒地叫好，然而因其规模太小，很快又转为观望。

他无论如何也没想到平日里无比威风的班长竟会倒在自己人的一颗空包弹下。他更没有想到因为这颗空包弹，他自己也成了义军的一员。再后来，他随着义军打下附近的两个营地。他还盘算着成为人人艳羡的英雄，战争却结束了。

前方传来消息，革命的风暴席卷全国。所有的正规军如今都改头换面成了义军。新成立的义军比过去的义军都要更暴力，更彻底。一夜间，他们失去了敌人，也失去了目标。当他跟着军队到达S市的时候，所有人都在狂欢。到处都是欢呼的，挥动手臂的，还有人带头唱起了《基遍之歌》。

后来，他回想起那个场景，所能感到的是虚幻。巨大的虚幻。所有人都以为那会是幸福的开端。等察觉过来，已经来不及了。所有人以十四周岁为界，再被运送到不同的地方。

他负责的是已满十四周岁的人，更确切地说是筛选后不再具有改造价值的。据说，"大清洗"原本要求彻底消灭十四周岁以上的人。但考虑到十四周岁以下的人还不具备生产能力，因此某些职业（例如医生、教师）被留了下来。当然，他们须经过特别的考察，毕竟让被严重污染的人去担任要职无论如何都是不适宜的。除此以外的人则无一例外成了他们要消灭的对象。奇怪的是，谁也没有因此而提出抗议。毋庸置疑，这些人都有父母、朋友或者恋人（就好比他，虽然父母是医生，但也不能保证一定安全），但所有人只是缄默着。过去，他们曾那样勇敢地推翻旧制，但现在那种力量消失了。

他把手扶在挡板上，试着不去想那些。也就在这时，那个老太婆突然呕吐起来。章睿条件反射般地跳起，但由于太挤，他根本没法跳开。

馊味在车内弥漫开来。章睿的军装上沾满了呕吐物。他妈的！章睿把裤腿往挡板上揩了两下，一部分污物便挂在了挡板上，但剩下的就没法再弄干净了。死老太婆。你不好往边上吐啊。信不信我一枪毙了你。老太婆被章睿一吓，又连着咳嗽了几声。

对不起，真对不起。我妈不是故意的。老太婆旁边的女人哀求道。你以为这样就没事了？你知不知道这身衣服我要一直穿到把你们这些垃圾全部清理干净为止。

对不起。对不起有屁用,反正都得死,不如早死早超生。

老太婆又咳嗽起来,从她嘴角流下一条黄色的液体。他看不下去了。算了吧,她也不是故意的。算了?你说得容易,她又没吐你身上。再说,我就是真的毙了她又怎么样?可我们的任务是把他们带到指定地点再清理。哈——你唬谁啊?信不信我现在就毙了她。章睿说着真的开了一枪。

血从老太婆的胸口涌了出来。卡车停下来了。车内到处都是尖叫声。司机爬下驾驶室,问道,你们搞什么?没什么。章睿面不改色道,有人妄图逃跑。司机疑惑地看了章睿一眼,从他的位置并不能看到车内的情况。他希望司机能爬上来,这样他就会发现所谓的逃跑者只是一个虚弱的老太婆。但司机显然没有此意。我还以为怎么了,搞那么大的动静。

车子重新开动起来。上头有令,但凡有人妄图逃跑,一律即刻清理。他把拳头捏紧了。他能怎么办?揭发章睿吗?可据他所知,半路上因为各种突发事件被清理掉的并不在少数。

妈——女人的哭声划破了本就混乱的车厢。吵死了。

全都给我闭嘴。否则,我让你跟这个死老太婆一样。章睿,你别太过分了!过分?哈,杨嘉伟,你的狐狸尾巴总算露出来啦。我说为什么每次清理完,你都一副半死不活的样子。原来你一直是潜藏的叛徒。

我没有!我是严格秉承上面的要求办事。是吗?章睿还想要说下去,有人朝他扑了过来。章睿一个躲闪,胳膊肘碰到了挡板上。反了,他妈的全反了。章睿对着车厢扫射起来。有些人被打中,还有些人死命地往车下跳,他们的样子活像一只只垂死扭动的八爪鱼。

他呆立在那里,然后,他感到自己被撞开了。子弹呼啸着从撞他的那人的肩胛骨穿过,飞出篷布。这回,他没有犹豫,瞄准章睿的脑瓜连开了三枪。

问卷

问卷分为两部分。第一部分内容如下:

请如实在每个题号后你认为合适的一格内填上相应的分数,全部选同一竖栏的答卷将被视作无效。

项目（满分100分）	请在相应的方框内打"√"（5为最高，依次递减，1为最低）				
	5	4	3	2	1
1 我想念父母还有以前的朋友					
2 我觉得在福利院容易紧张					
3 我有时会无缘无故感到害怕					
4 我很容易入睡，每天都睡得很好					
5 我情绪激动以后，很容易平静					
6 我能够很快忘记不愉快的事情					
7 我很在意老师、同学对我的态度					
8 我宁愿独自做事，而不愿意与许多人一起做事情					
9 我觉得一切都很好					
10 我喜欢福利院					
总分					

第二部分为简答题。题目共有五道，主要围绕《基遍法》展开。这是半年来宁潇潇参加的第三次考试。头一次参加考试后，班里只剩下了没几个人。这几个人和其他班剩下的同学新组成一个班。新班组成后不久又进行了一次考试。考试后，不出意外的，班里又不见了一部分人。事后她琢磨，是"如实"这两个字帮了她一把。她没有讨好地在"我喜欢福利院""我觉得一切都很好"这类题目上选"5"。不过，考试最终是为了选出相对接近零度情绪的人，这是她后来才领悟的。尽管班里从不公布成绩、排名，也不公布正确答案，但有同学考试后私下透露他在"我喜欢福利院"选了"5"，那人同样不见了。

她扫了一眼卷面，再次确定自己的推断没错。此次考试的第一部分的题目只做了微调，主要变动的是第二部分的简答题。她定了定神，决定照着前两次那样填写。可三天后，她收到通知，她被要求离开第五福利院。

不可能。接到通知后，她的第一反应就是哪里搞错了。这次试卷的第二部分，她是按照老师讲的填写的，不可能有错。而试卷的第一部分，她更是完全照着前两次的填写。

一辆军用卡车停在了第五福利院门口，沈老师扯开嗓门，催她和另外几个同学快点上去。她会被带去哪里？她不知道。一瞬间，恐惧填满了她。几乎也就在同时，她意识到自己不想离开这里。的确，她不想离开这里。她只觉浑身一哆嗦，情绪指针晃得厉害。她极力克制自己，才跟着队伍上了那辆卡车。

卡车最后在第六十二福利院门口停下。之后的几年，她在不同的福利院间辗转。原来福利院是依据每一次的得分情况来安排调动的。得分越低，调动越勤。得分不合格者则直接被淘汰。当然，得分再高的孩子每半年也要完成一次调动，这是为了避免产生情感依赖。

毕业前夕，她选择填报福利院老师。尽管福利院老师不能生孩子（已经生育过的直接取消资格，没有生育过的则要做绝育手术，这是为了保证教育的绝对公平），但她还是义无反顾地填报了。空缺的名额本就不多，竞争因此空前激烈。她顺利地通过笔试、一系列情绪测试,但在最后的体检环节却被刷了下来。

很遗憾。体检一周后,她接到一个电话。虽然你各方面的条件不错,但这里有比你更适合干这个的。她这才知道,挤掉她那个名额的是个因卵巢先天缺陷而无法生育的女孩。

程博

程博有时会想起自己头一次见到那个男人的场景。那会儿,基遍刚刚成立,忽然宣布所有人必须放弃原有的信仰。

什么叫信仰?程博不懂。从小到大,程博都跟着父母一起到神思堂聚会。神思堂主体呈黄色,顶端红色的三角形区块上是头同样红色的西西里公牛。一楼最前边搭有一个台子,上面摆有布道祭祀的讲台。后边还有个楼梯可以通到二楼。

程博喜欢二楼。从他记事开始,每周日父母都会雷打不动带他来神思堂。他会指着楼梯奶声奶气地央父母带他去二楼。从二楼第一排座位前的木栏杆往下望,整个二楼就像被悬空挖掉了一块。许多个脑袋，圆的、扁的、短发的、披头发的、扎马尾的、秃头的，一览无遗地展现在他跟前。他瞅着这些长时间一动不动的脑袋，听到讲台上孙祭司的声音。

不过，这些都是大灾变以前的事了。自大灾变以来，信徒们四处离散，整个神思堂剩下还不到三十人。程博的祖母在世是虔诚的信徒。尽管老人已过世，但却对程博父母产生了不可磨灭的影响。所以，当附近的聚会点被陆续查封，他们感到了前所未有的黑暗。

信仰要求他们必须珍爱生命，可现实是大家简直像在等死似的。就在所有人绝望之际，孙祭司撬开了一块木板。原来一楼台子底下还有条地下通道。所有人先是惊愕，继而相拥而泣，有人还唱起了《奇妙之能歌》。只有孙祭司依旧保持冷静，这里原本是个地窖。上一任主任祭司告诉我的。孙祭司的语气相当平静。

但凡他们当中有人稍微细心点，就会发现孙祭司似乎平静过了头。然而，谁又会关注如此微小的细节呢？所有人都沉浸在绝处逢生的喜悦之中。程博呢，则欢呼着开始地道探险。他后来想是不是所有那个年纪的孩子都若他那般迟钝？他不知道。反正，那阵子到处是打仗、死人，日子过得兵荒马乱，但和他却没半点关系。就像他一天天看着母亲的肚子（母亲的肚子虽不显大，可终归日益隆起），他也没反应过来。他是直到母亲快生了，才明白自己将要当哥哥了。

崩塌

你能想象当一个男孩发现他所敬重的、全身心信任的人竟然是个杀人狂时的崩塌吗？程博把头转向劳宇。

说起来，那天晚上其实和别的晚上没什么差别。非要说有的话，那就是那天白天是圣餐礼拜。过去，只要是圣餐礼拜，我们都会领受圣餐。但那天圣餐饼不够用了。

须知圣餐饼只由面粉加水制作，绝不能加酵。但那时，大家手头剩下的只有少量面包。有人提议特殊时期，用面包代替圣餐饼。但孙祭司不同意。孙祭司说他宁愿冒死到地道外找面粉，可如此一来，又极有可能暴露大家的行踪。储存的食物已经所剩无几，大家又纷纷埋怨起来。

那是大家的第几次埋怨？我记不清了。事实上，当活的喜悦被渐渐冲淡，大家就开始埋怨了。食物储备不够；担心军队搜查……担心生抱怨，抱怨生争执，争执生祈祷，祈祷生平息，平息又生新一轮的抱怨，如此周而复始。我以为那天也会像之前一样，然而等大家吃完手头的那点存粮，倒头睡下，再也没有醒来。

有人在饭里下了药。我因为前一天拉肚子，一整天没吃东西。半夜，我被一阵剧烈的绞痛惊醒。我捂着肚子，拼命叫母亲，可奇怪的是，无论我怎么叫她都不醒。父亲还有周围的人都像睡死了一般。我只好爬起，独个儿去地道另一头拉屎。

那泡屎花了我很长时间。每次，我感觉拉完了，但是一提裤子，水一样的东西又出来了。好容易提着酸胀的腿回去，却看到黑暗中立着一个人影。其时，四面黑得可怕，我之所以说看到，是因为从人影那里传来了声音。

安息吧。从此，你们将永生了。我还没意识到发生什么，从人影那又传来一阵啼哭声。啼哭声如此响亮、不安，那是我刚出生不久的妹妹。我也不知道哪来的勇气，朝着啼哭声的方向扑去。但我的鲁莽只不过让那人趔趄了几步，那人反身便将我抓住了。

我想要叫，想要挣扎，无奈一点力气也使不出来。我整个人被按在墙壁上，脖子被一双手死死掐住。眼前是无尽的黑，大脑一片空白。这时，我看到了一束光点。光点白亮得好似焰火，照得我直晃眼。

耳畔传来一阵枪响，掐在我脖子上的手松开了。光点在我的脚上、脸上晃动了会，又移到倒在我边上的那个人的脸上。谢谢。我没有听错，他说的是谢谢。

选择

杀你父母的是孙祭司。即使只是听程博的叙述，劳宇也能感受到程博当时的绝望。很讽刺吧？一个堂堂的祭司为了不让信徒放弃信仰，竟然杀人。他自以为这样便可以让大家得到永生，可他有征求过人们的意见吗？他又何以断定他这样丧心病狂的行径真的能换取他们的永生？

还是回到那天。程博哽咽了一会儿，接着道，救我的是统领。我当时看不清他，只能看到一个模糊的轮廓。轮廓朝出口迈了一步，跟我来。就在这时，之前一直安静的妹妹哭了起来。光打在妹妹身上，又打在我母亲身上。我俯下身子抱妹妹。那不是我第一次抱妹妹。母亲刚生下她时，我就抱过。但那仅仅只是一小会儿，父亲将她小心地交到我手中，又很快抱走了。可那一刻，我抱着她，有一种说不出的沉重。

我抱紧她，跟着走出去。这条通道我来回不知走了几遍。这里是我画画写字的，那里是我玩跳格子的，但那天通道却长得要命。等我们爬出地道，发现正是傍晚。夕阳透过窗户射在一排排长椅上。长椅下有一团东西。我走近，才发觉那其实是个人。那人蜷成一团，浑身上下全是血渍。我手里还抱着米娅，恐惧使得我忘了重量。

你相信我吗？我听到统领问。相信。这完全发自真心。如果说过去我不知道信仰为何物，那么如今这个男人就是我的信仰。

好。从今天起，你就和这里没有任何关系了。你可以逃到别的地方，前提是你足够聪明且走运，不被基遍军发现。你也可以选择复仇。当然，复仇的危险指数只会更高。首先，你要安装情绪指针。在安装情绪指针的过程中，你有可能出现昏迷、发烧，甚至死去。即便你能顺利地活下来，你还得在福利院里学习，接受基遍的法律、知识，直至毕业再伺机报仇。到那时，你说不定只想着做个普普通通的人，平安地度过这一生……

我不会忘记今天的一切！我甚至没等他说完便抢先道。别那么快做决定。基遍的力量太强大了。我和你一样，也不过是一个普通人，我无法保证自己能活到那一天，也无法保证时机成熟能找到你。我唯一可以保证的是你的家人，他们的尸骨会完好地保存在这里。这点请你务必相信我。还有，从今往后，你没有妹妹了。什么？我不敢相信地望着他，强忍住的泪水一下涌了出来。

你难不成想带着她亡命天涯？恕我直言，就凭你，别说躲避军队，恐怕连温饱都成问题。当然，她也可以去基遍。可她还那么小。她不像你，进了基遍根本不知道自身的情况。等她长大后，就是一个完全的基遍人，断不可能相信今天发生的一切。那我该怎么办？把你妹妹交给他。什么？我看着那团满身是血的东西，讶异得说不出话来。

我知道你肯定在想，这人是谁？为什么浑身是血？你还在想，能把妹妹交给这样一个人吗？实不相瞒，我也不知道。但我知道这个人和你父母一样都是为了自由而战的勇士。你有权让你妹妹安装情绪指针，然后成为一个什么也不知道的傀儡；也可以选择让她自由呼吸，跟着这个陌生人拼命地活下来。

米娅已经睡了。她大概哭累了，小小的鼻翼轻微地动着。我最后看了眼蜷在地上的那人，知道自己一无挂虑的童年结束了。

蜂鸣声

蜂鸣声持续二十秒左右，停止，过五秒钟又重新响起。刚刚寸头跑过来，对劳宇说，统领要见他。寸头面色凝重，劳宇吃了一惊。再看程博的脸上却并无异色。

这一带都是山，山上又开凿了大大小小的石洞。有的石洞可以容纳十来人，有的则要小的多。洞外，很多人在跑。男的、女的、老的、少的,他们一股脑儿朝着反方向跑去。一个女人经过他们时,怀里的孩子几乎要跳脱出来。

他们要去哪?不知道。寸头甩开大步,通常是边撤边看。边撤边看?他还想问下去,寸头却停住了。那是一个石洞。洞口狭长,只能容一个人侧身通过。寸头示意劳宇在洞口停步,先侧身进去。没多久,寸头出来了。统领要单独见你。他压下头,侧过身子,穿过狭长的一段。石洞内部比他想象得要大许多,里边摆有一张桌子,一张床。没有人,也没有其他摆设。他原以为至少该有两名护卫的。

好久不见。劳宇一惊,叫出声来。宋部长。宋明朗露出标志的四十五度微笑,我本来早该见你了。可你不是已经……那的确是我。只不过那是计划的一部分。所以,根本没有自杀。他发觉自己已能淡然地说出那个字眼。不。我确实自杀了。但那是很早以前的事了。

这不可能。自基遍成立以来,所有幸存者无一例外安装上情绪指针。指针朝右属于正情绪,朝左则属于负情绪。无论哪一种情绪偏离都不得超过数值三,否则系统认定超过半小时便会自动发出警报并产生持续的刺痛感。

在福利院的这几年，老师一直和他们强调情绪预警。所谓情绪预警就是在情绪指针产生小范围波动时就自行调整，防患于未然。而情绪清洗器普及以后，一个家用版情绪清洗器更是足以应付生活中常见的情绪偏离。因此，该系统可谓相当安全。

不过系统使用以来也不是完全没有问题。曾有个心脏病患者的情绪指针出现一定程度的偏离。按照情绪预警原则，他调整呼吸并连接上情绪清洗器。但那台情绪清洗器不知为何出了故障。他一急，便开始拨弄情绪清洗器。情绪指针出现了大幅度波动。谁也不明白他为何不选择求助。反正，如此倒腾了半小时后，系统自动释放刺痛感。等警察赶到时，他早已倒地不起。

"心脏病患者"事件后，到处人心惶惶。人们害怕自己的情绪清洗器突然出现故障，更害怕情绪指数飙升半小时后，死于系统释放的剧烈刺激。然而不久人们被告知此人为潜藏的反叛分子。否则，他完全可以在这半小时内妥善处理。

两周后，基遍果断进行情绪指针第二次升级。此次升级的最大改变是将自动警报的时间缩短为十五分钟。专家向人们再三保证，系统释放的刺激是经过科学安全认证的，完全无碍。相反，因过度担心而导致反叛分子有机可乘，那才会招致真正的麻烦。至于情绪清洗器的故障率仅为十万分之一，这同每天发生的车祸及其他意外相比根本不值一提。既如此，宋明朗又如何能自杀？

宋明朗看出劳宇的疑虑。看你的手。劳宇一下如梦初醒，如果自杀的最大障碍是情绪指针，那么只要除掉这个障碍即可。可如此一来等于又回溯到了源头，即如何去除情绪指针？

最早我是军方派来监视"海葵"的。那时，能在"海葵"任职的都是幸存下来的顶级程序员。其中一个，我们称他为 X 吧，更是这些人中的佼佼者。我们一同共事快两年。某天，我去卫生间时，他正在撒尿。他已经撒完了，见了我来，也不走。只是站在一旁看着我。我被他看得有点烦躁，草草尿完，拉上拉链。这时，奇怪的事发生了。我发现他的尿和我的截然不同。你也知道我们男人的尿越到最后越难控制，就好比我的乱七八糟地滴在小便池外头，但是他的尿却极其均匀，看上去类似什么符号。

你想知道怎么脱离情绪指针吗？他忽然说。我被他的话吓了一跳。要知道解除情绪指针并不难，难的是解除情绪指针所引发一系列的连锁反应。我生活在伟大的基遍。我镇静地说道，是勒弥给予了我们永久的平和。我怎么可能会有这该死的想法？没有就好。我只是想测试一下你的忠诚度。几天后，他被抓了。是另一个人举报了他。原来在我这失败后，他又去找了别人。这次行动使他彻底完蛋。当局在他工作和住处彻底搜查了一通，并未发现任何线索。半年后，我差不多都要忘记这件事了，却收到一封邮件。

那是一封匿名邮件。邮箱的主人早安息了。这是我后来查证的。回过来讲，当时我并不知道这些。我打开邮件，发现里面是个加密的文档。文档名是一行字母：Festina lente。

Festina lente

Festina lente 是一句古老的拉丁文谚语。Festina 代表快进，lente 则代表慢慢来。这两个意思完全相反的单词组合在一起不仅没有矛盾，反而构成了一种奇特的效果：慢中求快。但问题是为何要用这行字母来命名这个文档？想必你也猜到了，它与那个文档的密码有关。我最初也是这样想的。我把这两个单词输入进去，但文档密码并没有因此解开。接下来，我试遍我能想到的所有办法：大小写、空格、正反，各种混合数字，但依旧没能解密。正在一筹莫展之时，我不小心碰到 Enter 键，密码却忽地解开了。是另一个加密文档。之前我输入的密码还停留在 F 上，我试着又输入 e，果然，又看到下一个文档。

最后一个文档和前面的并没有什么不同。我紧张地输入 e，等待着更复杂的情境。但我错了。那是一个程序。简单来说，将此程序连接到系统，系统便会读取上面的数值并自动默认为你的情绪数值。如此一来，情绪指针好比成了一个幌子。当然，具体到怎么去除，远比我说的要复杂，我就不再赘述。

就在我看到那个程序后，我突然悟出了 Festina lente 的真正含义。快中有慢，黑中有白，水火共生，是清晰也是混沌，是死亡也是新生。所以，你在解除情绪指针后选择自杀？我也是走运。宋明朗抬起头，我是后来才知道解除情绪指针有可能导致昏迷不醒。但自杀并不是为了自杀。它只是为了证明你的生命可以由你自己来掌控。不是情绪指针，不是政府，也不是其他。一个能决定自己死的人才意味着他真实地活着。否则，无异于行尸走肉。

劳宇没有作声。有关怎样的活才是真实地活他不是没有想过，但这个想法很快被遏制住了。对于在大灾变中幸存下来的人而言，能够活着已属幸运。何况，情绪指针还带来犯罪率下降，长寿率上升（此长寿率不包含意外死亡，指的是情绪对寿命的积极影响）。而情绪指针第一次升级后，安装情绪指针死亡的人数更是大大降低，趋近于零。

每半年更换一次福利院，每几年就要调整的工作部门。千百年来，家庭这种人类最基本的社会生活单位消失了，取而代之的是一个个独立的个体。不再有婚姻。不再有旧文明世界的一夫一妻制。从此，人们不必担心找不到配偶（过去，富人们名义上只有一个妻子，私下却拥有相当数目可观的情人。反观穷人，他们连爱恋的权利都被剥夺了。因为根本没有女人爱他们），所有人必须同时拥有三到五个性伴侣并可随时调换。

不再有孩子。人要是想要繁殖，可直接向医院提供精子或卵子。医院会依据精子和卵子的情况挑选高质量的进行组合。受精成功，胚胎发育后，再移植到人工子宫发育。婴儿从出生起即由福利院接管。每个福利院分设育婴部。等婴儿长到三周岁，再有老师专门教他们基遍的各项法规、政策。所有福利院老师均是立志献身于基遍教育之人，膝下没有子女，保证所有孩子受到最公平的对待。加上《基遍法》禁止提供 DNA 比对服务，人们也就无从查找自己的孩子究竟是谁。至此，基遍在最大程度上规避了公民的情绪依赖，并在此基础上成为真正自由、平等的国度。

听上去很完美是不是？宋明朗冷笑一声，但实际情况呢？至少，它控制住了大灾变，解救了成千上万快要死去的人。是吗？宋明朗的脸上掠过一丝失望，那如果我告诉你，那根本是一场阴谋呢？

启示礼堂

电脑显示程博最早就读的是第二百八十九福利院。这是一家规模不大的福利院。和大多数福利院一样，网页上的介绍实在乏善可陈。杨嘉伟浏览完网页，在准备关闭前却意外发现一个细节。

他把二百八十九福利院拖进基遍地图，地图很快翻动起来，跳出许多个蓝点。他屏住气，仔细查看。果然，在距离二百八十九福利院约莫二百多公里的地方出现了一个蓝点。蓝点下方标注着启示礼堂。

网页上只有一张照片，那是一栋蓝色的小楼，顶端呈三角形。他定了定神。他不会记错的。从军队里退下来后的某天，他正吃早饭，手机自动发来一条二十四小时内最高流量的报道。报道上写着：某军官单枪匹马剿灭一伙秘密团体。内文详细记录了"大清洗"开展以来形势大好。即或有信徒起初不愿意放弃信仰，但在看到其他顽固者的下场后，纷纷投降或逃散。恰好两个礼拜前，某区收到线报，有信徒潜藏在不知名的地方。上头于是派出一支小分队前去剿灭。

这支小分队的头领便是章睿。章睿带领分队进行搜查，却在途中不幸遭遇埋伏。该埋伏后来被证实非信徒所为，那是一批反叛者。章睿带领分队力挫敌方，但分队本身也遭受重创。

整个分队最后只剩下章睿一人。他本想向军队求援，阴差阳错却找到了那伙信徒。原来这帮人一直躲在那栋楼附近的山林里。章睿果断采取措施将其一网打尽，共计铲除二十三人。报道下方是两张照片。一张是章睿，还有一张便是这栋蓝色的小楼。报道特别强调，章睿消灭那伙团体后，将这栋楼改造为"启示礼堂"，专门用来进行该区的宁神祈祷仪式。

右眼有些发干，他搓揉了下。他有种错觉，仿佛下一秒就会听到卡车急刹车发出的一声巨响。司机会骂骂咧咧地跑下来，高喊一声，你们搞什么，再重新退到驾驶室。

车上只剩下没几个人。有些人已经跑出好几百米了。车子开始后退。他拿枪一个个地将车上的解决了。但这也没能解决所有问题。进出刑场需要一系列的登记。车上的人数必须和出来时记录的一样。就算人数（包括死尸）和原来的对上，可他又怎么解释章睿？

他当然也可以说是因为场面失控，他不小心失手打到了他。但这样他就有可能被判终身监禁（为防止军队内乱，军队禁止士兵之间斗殴）。除非他能证明他是被反叛者打死的，但这基本没可能。何况——他瞥了眼用衣服按住肩胛骨处伤口的男人——他还欠他一个人情。他倒不担心司机。司机那个性，只要不拖累他就行。只是一旦他这样做，被发现恐怕就不是终身监禁这么简单了。

卡车还在后退着。四处逃散的人们若一只只被枪声惊起的鸟儿。他腰上别着把枪，是刚刚章睿倒下时捡的。他把枪摆在他跟前。他看到他哆嗦一下，把枪接住了。

章睿

他成了章睿。一个穿军装的士兵。负责押送犯人，并将之枪决的刽子手。一台执行任务的机器。标准的零度情绪者。沉默寡言的人。沉默得一如他们脚下那片吸满了鲜血的土地。

杨嘉伟曾天真地以为有过那样一次刻骨铭心的经历，他们之间多少会有些牵绊，但没有。每次，当他们将一车人解决完，他都有一种心底涌上来的绝望感。他想要呕吐，想要呐喊，想对着脚下的土地说操你妈。但是他最后也只能跺下脚下的泥土，再默然地爬上卡车。

军队驻扎的地方离刑场大约有半小时的车程。一路无话。风刮过卡车上头的篷布，发出巨大的哗哗声。白天，车上也有哗哗声。那时车上挤满了人，这种哗哗声听上去更像在给他们送终。现在，车上当然不拥挤了。整个卡车车厢里就只有他和这个改名叫章睿的男人。他很希望能和他谈谈。谈谈他的憋屈。他的绝望。不。谈什么都好。但章睿只是沉默，一双眼睛直直地望向卡车后方。

后方是一条不断后退的路。他盯着章睿左耳耳垂上的黑痣，记起每次执行任务前，章睿总会不自然地摸一下自己的耳垂，放下，再扣动扳机。他把眼睛闭上了。多少个夜晚，只要他一闭眼，就会出现一个又一个的数字。1、2、3、4……一个数字便是一个倒下去的人。他从来没有计算过自己到底杀过多少人。他也从来不和其他士兵比个数。可奇怪的是，那些数字却若跟踪导弹一般怎么都挥散不去。他还想起当他把枪摆在男人跟前时，他其实也在哆嗦。尽管那些人本就会死，但他却让他们的死提前了。

他们明明是同一类人，可他却向他残忍地关闭了那扇门。只因为他给了他那把枪，让他决定其他人的生死？只因为他选择活下来，就得付出代价。让双手沾满无辜人的血，且以后还要不停地沾上更多的血。

他们手里掌握着多少条性命啊。讽刺的是，当他穿上章睿的军装（他不知道他的原名，是干什么的），戴上章睿的军帽，别上章睿的步枪，他就真的成了章睿。而当他跟刑场负责点名的士兵汇报他们如何平息那场叛乱——他尽量平静、克制地讲述，手心直出汗——那士兵只在本子上轻轻打了个钩，好了。反正早晚都得死。不过，他又用笔触触眉头，你们得自己把那些污染物拖去那里。他指的是死尸坑。

没有人察觉到异样。毕竟，人人都忙着押送、杀人。他甚至想到，假若死去的那个人是他，那么穿上军装的就是另一个杨嘉伟了。这么一想，实在惊恐又荒诞。可在他眼皮子底下发生的事又有哪一桩不荒诞？那些互相竞赛杀人的，还有那些温顺的任由士兵宰割的。有次，他听说上头要派发给他们几台情绪清洗器。彼时，部队还没有安装情绪指针，情绪清洗器更是出了名的紧俏。他心里头虽然不信那玩意，但多少还是寄希望于它能驱赶掉那些可怕的数字。但情绪清洗器却迟迟没到。有人向上级请命：铁血部队不需要情绪清洗。

不管怎样，最最需要情绪安抚的部队反而是最后普及情绪指针和情绪清洗器的。安装完情绪指针的第三天，他和大多数士兵一样收到一封退役通知书。通知书上写明，第一阶段的清洗工作已基本达成，他们需转去别的部门。他当了一阵子电力工人，后又调去警察局。

章睿没有退役。他之后还听到过他的消息。听说他干得越来越顺手，在行动中展现出惊人的情绪控制力。听到这些消息时，他总会想起章睿扣动扳机前习惯性地捏下左耳和执行完毕时空洞洞的眼神。他最后一次听到章睿的名字是在一次报道上：章睿成功剿灭了一个秘密团体。再后来，章睿像是蒸发了，他再也搜寻不到他的丁点儿信息。

大灾变

你说，那是一场阴谋？宋明朗没有直接回答。人们通常怎么形容那次大灾变？一次可怕的警示又或者历史的必然？好吧，你还记得头一次听到大灾变时的情景吗？劳宇沉思了会儿。老实说，他完全不记得自己头一次听到大灾变是在什么时候。

劳卫国死后不久，班上的音乐老师死了。那个音乐老师才工作两年，平时更像个大孩子。班里偷偷流传一种说法，说她从市里那座著名的跨江大桥上一头扎了下去。劳宇向马心瑶求证，马心瑶睁大了双眼。你听谁说的？瞎说。你们老师是得了很严重的病。怕他不相信似的，她又补充了句，是和你爷爷一样的病。

劳宇蓦然感到一种恐怖。他想起劳卫国死前的样子。可音乐老师出事前两天，还同他们有说有笑的，一点也看不出有病的样子。他还想起近来放学回家，小区里不时会多出几个简易的棚子。棚子里设有灵堂。许多个廉价的花圈簇拥着死者的黑白照片，生出一种冰冷的热闹感。扩音器里播放着《地藏经》。住在这里的人请不起念经的，只好连超度也将就了。他小心地从棚子旁穿过，上楼，还没进门便听到马心瑶的嘀咕声，今天又死了两个。

是什么时候听到的大灾变已经不重要了。再往后，死人越来越多，连灵堂都来不及摆。工厂停工，学校停课。反正每个人的表情、嘴巴谈论又避之不及的都是它。谁都搞不清这究竟是怎么一回事。过去，人们不是没有过孤独、悲观、厌世、绝望、痛恨或是虚无，但绝不会似现在般大肆蔓延开来。那就像是某种致命的病毒。

你那时还小。宋明朗见他不响,道,别说是你,又有谁能想到会变成那样。大灾变之前,经济持续增长,一片欣欣向荣。"火星计划"更是让人类站在了前所未有的巅峰之上。

要不是宋明朗提起,劳宇几乎都忘了这茬了。当年里程碑式的"火星计划"如今就像火星那么遥远。"飞跃号"宇宙飞船顺利着陆的那天,电视里全是滚动回放各国政府联合启动"火星计划"的新闻。运载火箭点火升空。"飞跃号"宇宙飞船成功进入预定轨道。整整一天,劳青峰的两只眼睛都盯着大屏幕,一双手则不停地捏过来捏过去。终于,当那个历史性的画面来临,劳青峰猛地从沙发上跳起,挥舞右拳。耶!耶!

他也不明所以地跟着叫了起来。耶!耶!门忽地开了。马心瑶拎着只塑料袋站在门口。每个周末,马心瑶都会去别人家做钟点工挣点外快。马心瑶看了眼在挥舞拳头的父子俩,闷声进了厨房。

水槽里堆着六只碗,是她早上出门前就放着的。青菜没洗,豆腐干也还没切。她把塑料袋搁在台板上,掏出塑料袋里的塑胶手套,戴好,又调头去厕所里端水盆。那盆水已经积了一天了（把厕所里的水龙头拧到刚好可以滴下一滴，不用走水表）。她才蹲下，端起水盆，不想脚底一滑，重重地摔在地上。

马心瑶掩面哭了起来。劳宇跑过去，想要拉她一把，没想到她却哭得更厉害了。她一个劲地哭着，他只当是她摔痛了。那时的他又哪里知道她哭的是那盆积了一天的水。是餐桌上永远一成不变的青菜汤。是每周五天的工作日，双休日八小时的钟点工。是逼仄的住房，低矮的楼道，旧得不能再旧的小区。是窨井盖下散发出刺鼻味的下水道。是距离她家四站以外的成片的保笼。是保笼再往北的禁区。是禁区里的摩天大楼，太阳照射下熠熠发光的跑车。是西装革履的男人，脚踩细高跟皮鞋，手拎鳄鱼皮、鸵鸟皮或蟒蛇皮包包的女人。是劳青峰看的"飞跃号"宇宙飞船。是硬币的两面。是她永远都无法触摸到的梦。

记忆瓶

最早出现有关集体性自杀的地方叫云溪玫瑰园。宋明朗的话将劳宇拉回现实。那是个老别墅区。鉴于它的设施相对比较陈旧，新兴的有钱人通常不会买那里。第一个自杀的是一个叫胡静芬的女人。在胡静芬死前，也零星出现过一些富人自杀事件。她之所以引起关注还在于她有一个小她二十岁的情人。

传言一时沸沸扬扬。有说她是为情所困，还有说她的公司面临破产（她是某家公司的执行董事），她是迫不得已才自杀的。最后还是她那个情人站出来声明，说她生前一直患有抑郁症。事情至此算是告一段落，但不多久云溪玫瑰园又接连发生两起事件。这次死的是一个银行行长和两个高中生。银行行长之死暂且不表，那两个正值花季的高中生，死得实在有些诡异。报道显示这两个高中生分别来自两个家庭，在同一所私立高中就读。两家人平时相处得不错，实在想不通他们何以会相约一起自杀。有人怀疑他俩是恋人，因家庭不同意，才走上这条不归路。但这种说法随即遭到辟谣。

不管怎样，云溪玫瑰园被冠以"鬼墅"的称号。与此同时，其他高端住宅区也出现了接二连三的自杀事件。富人们纷纷惶恐不已，而住不上高端住宅区的人们则幸灾乐祸。三个月后,其他区域出现第一例自杀,阴霾遂笼罩了所有的人。

为破解这一难题,政府先后派出多个调查组。然而,调查很快陷入了迷雾。所有死者均来自不同行业,有着不同的背景,个性、喜好更是千差万别,想要找出其中的共同点无异于大海捞针。调查了许久,死亡人数不减反增。边境出现叛乱。物资紧缺。超市、商场关门。偷盗、抢劫的四处横行。再往后的情况,你都知道了。但有一点,你不清楚,调查组其实并不算一无所获。一项调查表明百分之八十以上的死者生前都使用过记忆瓶。

记忆瓶?劳宇心头一颤。不错。记忆瓶最早是针对阿尔茨海默病也就是我们常说的老年痴呆症研发的。爱普公司的初衷是使阿尔茨海默病的早期患者通过记忆瓶得以保存自己的记忆。必须说明,这在当时是一个具有跨时代意义的全新发明。患者只需连接记忆瓶,倚靠大脑记忆便可以塑造出一个独立的影像空间。提供的细节越充沛,塑造出的记忆空间也就越真实。

但产品研发一半,阿尔茨海默病被成功攻克,记忆瓶受到致命一击。爱普公司亏损巨大，快要破产前，有人投资入股，公司开始改变营销策略，转而投向大众领域。公司宣称，一个记忆瓶的容量是四个 G，类似于制造一部两小时左右的电影。这是完全属于你个人的电影。无需摄像头，无需演员，动用你的想象便可建造一座属于你自己的记忆宫殿。至此，市场上掀起一股抢购记忆瓶的风潮。有钱人自不必多说，就连贫民区也争相以拥有一个记忆瓶为荣。

有数据显示，使用记忆瓶后人的睡眠脑电图和抑郁症患者的睡眠脑电图的觉睡比高度一致。但也有人反驳，觉睡比仅仅可能是抑郁症自杀行为的生物学标记之一。再加上记忆瓶公司后期曝出政府背景，最后只能不了了之。

你的意思是这是政府行为？可这不符合常理啊。对，开始我也不明白，但如果你了解记忆瓶风靡的时间点便明白了。

跳板

瘦个子老头坐在小卖铺里,他头顶上一只老式的电风扇正呼啦啦地吹着。这间不足四个平方的小卖铺,麻雀虽小五脏却俱全,里面摆满了饼干、话梅、干脆面和各色糖果。每次,劳宇和同学路过时,总会凑上去看一看。看什么看。不买就给我滚。瘦老头从椅子上站起,蛮横地挥动他那棒子似的左手。孩子们一哄而散。但下一次路过,仍凑上前来。

可那天,当他们凑近那家小卖铺时,瘦老头并没有像往常那样站起来驱赶他们。瘦老头的眼睛紧盯着电视机。那是只不大的电视机。电视机里,一个系围裙的女人正在打扫卫生。女人扫了会,从床底下扫出一个玻璃瓶。玻璃瓶看上去普普通通,她轻轻打开。神奇的事发生了,从玻璃瓶里淌出一片流光。女人身上的围裙不见了,变成了红色的绸缎礼服,头上多了一顶镶有钻石的皇冠。女人飞了起来,她越飞越高,越来越高,直至屏幕上打出一行大大的字:建造一座属于你自己的记忆宫殿。

如今回想起来，记忆瓶的火爆几乎是注定的。记忆瓶初期的价格算得上亲民。后期有人恶意炒作，致使其价格飙升。但此种做法不仅没有叫人望而却步，反而强烈地刺激了人们的欲望。有人为得到一个记忆瓶甚至不惜售卖自己的器官。记忆究竟真实与否不重要了。重要的是它可以给你一个奇迹。一个流光般绚烂的梦。但劳宇不懂这和政府有什么关联？

我刚刚说过，爱普公司快要破产前，有人投资入股，公司开始改变营销策略，转而投向大众领域。而这个时间点恰好在"滚出地球"事件之后。滚出地球？你那时候还小，也难怪你不知道。简单说就是"火星计划"成功后，各国政府联合宣布未来十年内将会建造大批量的星际飞船，以便更多的人移民火星。所有人听到这个消息后都欢呼雀跃。但在巨大的热情冷却之后，人们惊觉那不过是极少数人所能享受的特权。

过去，人与人虽然存在贫富的鸿沟，但毕竟生活在同一片蓝天下，呼吸着同样的空气。人们被告知只要努力就有可能实现梦想，站到金字塔尖。但"火星计划"

将这个泡沫戳破了。只有现阶段金字塔尖的人才有可能移民火星,进而移民其他星球。剩下的那些人则被无情地抛弃。不知谁先在网络上提出"滚出地球",参与话题讨论的人竟高达十亿,这还不包括那些没法上网的。

记忆瓶就是这个时候出现的。它的出现更像是一种……自我麻痹。劳宇接着宋明朗的话道。可那又怎么解释后来的大灾变?这恐怕是政府内部不同力量的角逐。一项调查表明最早研发情绪指针的公司就是爱普公司。你不觉得这未免太过巧合?而等基遍成立后,爱普公司消失了,情绪指针改由基遍统一接管。

劳宇不再接话。如果宋明朗刚刚的推测成立,那么记忆瓶便只是一个跳板。有人利用记忆瓶引发大灾变,继而通过情绪指针掌控整个社会。

蜂鸣声再次响起。宋明朗将手搭在劳宇的肩膀上,现在,你还认为那个是值得你敬仰、守护的国度吗?

诊疗室

冷光灯散发出幽冷的灯光。这间诊疗室里只摆放一张桌子，两把塑料椅。医生坐在其中一把塑料椅上。他看上去五十来岁，圆圆的下巴上，胡子被刮得格外干净。听到她关门他也不抬头，只腾出一只手，示意她坐下。你是宁潇潇吧？嗯。宁潇潇把背靠向椅背。塑料椅背冰凉。刚刚出门太急，她没多带件外套。

宁潇潇是被推搡着从梦中醒来的。来人站在她床后跟，用一根手指指着自己的前额，说是执行任务。不等她扫描，又粗鲁地将她从床上拽起。她被拽疼了，叫起来。然而对方并未因此而停止动作。当她被不由分说地带到这栋贝壳形的建筑时，已经有不少人了。所有人就地坐着，人与人之间不得交谈。

是这样的。医生把签字笔悬停在本子上。考虑到民众还有整个基遍的安全，你最好如实回答以下问题。毕竟，撒谎完全没有必要。医生说着将一根线连接到她的情绪指针上，又从抽屉里拿出一个仪器，戴好。今天中午，你是否参与了蔚蓝广场的宁神仪式？

情绪指针微微移动了下。基遍创建后，人类不再有一般意义上的心理问题。精神卫生科彻底退出历史舞台。但反叛者除外。为维护基遍的胜利果实，精神卫生科转而秘密研究、评估这些极端人士。她没想到自己竟然也会成为其中一员。

嗯。医生在本子上记了一笔。说说你看到了什么？许院长和唱诗班的孩童。还有呢？……照实说就好。一张脸。能具体描述下那张脸吗？一张男人的脸。他闭着眼睛，脸有些浮肿，躺在一个浴缸里。浴缸里是什么样的？继续说下去。是晕染开的水。看到这些水你有什么感觉？没感觉。医生边重复边记下这三个字。为什么？因为完全没想到会发生这样的事。后来呢，发生了什么？后来……有几个孩童倒下了，场面非常混乱。再往后呢？她的右手不自觉地按了下左手。有人说他是"海葵"Ⅶ部门的宋明朗部长，还说他是自杀。

你相信他说的吗？不相信。医生停止记录，看了下手中的仪器。原因？因为勒弥拯救了我们，让我们远离那场灾变。不可能再有人自杀。这是你真实的想法？是。回到住宅后，你有思考过这件事吗？没有。医生又看了下仪器，这回，他的眼睛没再移开。你当时是否害怕？没有。确定没有？没有。可数值记录你清洗了二十三分零六秒。不错。那天，她确确实实清洗了很长时间。

这就奇怪了。医生耐人寻味地望着她,在纸上重重地画了一个圈。既然你没有害怕,那为什么还要清洗这么长的时间?

洋娃娃

养母坐在小饭桌前,一双手被绳子反绑在后面。约莫一刻钟前,两个士兵冲进了养母的家。他们在养母的尖叫声中(后来是咿咿呀呀声,因为养母的嘴巴被塞牢了)把家里翻了个底朝天,然而就是这样他们也没找到多少钱。

很快,家里只剩下一只箱子还没搜。那是只木箱,木箱上有一把大锁。这里是什么?一个士兵用枪托敲了敲问。打开不就知道了。另一个士兵说。他看上去有些苍老,声音却很稚嫩。一号士兵冲那把锁开了一枪,三下五除二便将箱子撬开了。他们看到了一床被单(大红的)、一条连衣裙(同样是红色的,宁潇潇从没看见养母穿过)、一本笔记本(由一块手绢包着,一扯,便露出淡黄色的硬壳）和一个洋娃娃。

那确实是一个洋娃娃。只不过，这个洋娃娃和宁潇潇想象的不同。洋娃娃的脸上黑乎乎的，两只眼珠坏了，呆滞地卡在那里。没有胳膊。两条腿倒是还在，只不过装反了。整个洋娃娃唯一可取之处是一个蝴蝶结。蝴蝶结是粉色的，新得就仿佛不是这个洋娃娃身上的。

这都他妈的什么破玩意。一号士兵将这些东西一样样扔了。养母扭动起来，嘴里发出呜呜的声响。她那张长脸在呜呜声中被拉长了，愈发显出一种戏剧化的效果。她还想站起来，但立马就被二号士兵制止了。我早说了，这地方能有什么好东西！二号士兵说。妈的他忽然愤怒起来。都怪这个疯婆子。就这点垃圾，还锁在箱子里。真是疯了。他说着踢了养母一脚。养母发出一声惨叫，从凳子上翻落下来，两条腿在地上胡乱地颠着。

宁潇潇的小腿肚被那两条腿擦撞到了。她小心地往左挪了一步，整个过程并不发一言。左前方，那个洋娃娃正用那对卡住的眼珠盯着她。她和那对眼珠对视了一眼，听到养母的惨叫声变成了断断续续的哼哼声。

告诉我们钱在哪里，还可以饶你一命。二号士兵踢了会儿，收住脚，将养母的嘴松开，但养母只是大口大口地喘着气。我没钱。我这样的……怎么可能会有钱。好啊。你不说是吧？二号士兵一把揪住养母，这时，他听到了一阵呜咽。他扭过头，看到了女孩。刚刚进来时，他就注意到这个女孩了。女孩瘦得只剩下骨头。她长得太瘦小了，又一脸孤苦。但凡她长得稍微好看一点，他都会有兴趣的。

一号士兵过来了。他把塞在女孩嘴里的纸团拿开，听到她喘了口气，道，我知道钱在哪里。这就对了嘛。二号士兵苍老的脸上笑开了道口子，刚刚早点说，你妈也不用受苦了。他将揪住养母的手松开了，养母便直挺挺地掉在地上。

两个士兵巴巴地等待着女孩说出那笔钱的下落，然而女孩只是漠然地把头转向那只破洋娃娃，道，她不是我妈。

谈判

石洞内只有劳宇一人。宋明朗走后，劳宇在石洞内打了个盹。醒来后,他从地上爬起,喝了点水。水壶旁有一袋压缩饼干,足够维持他三天。按宋明朗的说法,两天后基遍军便会到达这里,也就能找到他。

蜂鸣声已经消失了。洞外,一片沉寂。你相信命运吗?宋明朗把头朝向洞外。远处是一座巨大的静立的山。年轻时,我总以为命运是可以被掌握的。那时我看到了真理,坚信这个世界非黑即白。但慢慢地,日复一日的战斗,失败,再战斗,再失败……我开始怀疑命运并不是我想的那样。命运他潜藏在混沌之中,你得活下去才有可能领悟到他的一点真谛。

好吧。宋明朗将头转回来,我必须承认我们失败了。所有事实表明我们不可能战胜基遍。可你看看洞外的那些人,他们怎么办?不是所有人都承受得起这样的结果。为了自由,他们已经付出太多。他们宁愿去死,也不愿意苟活。这恰恰是命运最残酷的地方。

劳宇被弄糊涂了。在宁神仪式上,你们明明制造那么大的混乱。从表面看是这样。但信号被切断,再想进去就难了。不过,就算当时说出真相也没用。不单单因为情绪指针、情绪清洗器以及勒弥。真正的原因在于绝大多数人放弃自由、平等。他们习惯——毋宁说是依赖于那样的生活。想要扭转他们好比是鸡蛋碰石头。可既然如此,你们又何必在宁神仪式上大费周章?

你知道宋江吗?劳卫国在世时,还曾叨叨过水浒一百零八将。不过,相比及时雨宋江,劳卫国更喜欢的是豹子头林冲。《林教头风雪山神庙》《林冲雪夜上梁山》。劳卫国讲的时候语调高亢,唾沫四溅。他听得入迷,直央着劳卫国再讲。但劳卫国却不讲了。劳卫国眉头紧锁,眼神空落落的,吓得他直喊,爷爷,你怎么啦?

劳宇只是摇摇头。也正常。宋明朗继续道,基遍成立后,《水浒传》成了禁书。简单说,它描写的是一百零八位好汉梁山起义,再接受朝廷招安、四处征战的故事。并不是所有的起义都能被招安。一要看起义者本身的意愿,二要看起义者是否对朝廷构成实质性威胁。这一百零八个梁山好汉之所以被能招安,除却首领宋江的意愿外,还因为他们手里握有一张王牌:剿灭他们的成本太大,而招安的成本最低,可利用的价值又高。试想,如果这一百零八位好汉根本不堪一击,朝廷又何必招安呢?

宁神仪式上的混乱就是你们的王牌。不错。宋明朗赞许道,至少短期内是这样,但再往下就难说了。一旦他们发现我们并没有那样强大。宋明朗深吸一口气,这也是我找你来的目的。我希望你能代表我和勒弥谈判,结束这场战役。我们的要求很简单,只要给我们一块属地。一个巴比伦。一个真正看得见摸得着的巴比伦。我保证谈判成功后,我方绝不会有越轨的行动。

不好意思。我恐怕没法答应。如果说先前劳宇无论如何都没想到宋明朗竟然想被招安,那么此刻宋明朗的要求更是出乎他的意料之外。况且,这里无论哪一个,都要比我更适合这个角色。不。我们都是自愿去除情绪指针的,但你不一样。你是被迫的。而且,你在"海葵"的工作经历也能为此事增加砝码。当然,你要不愿意,就当我什么也没说过,继续跟我们转移。毕竟从你摘掉情绪指针的那刻起,你在他们眼里便是异己分子了。

消失的时间

脑袋昏沉沉的。杨嘉伟挠了下头皮,翻身起床准备洗漱。多年来,杨嘉伟养成了边听广播边洗漱的习惯。他将手机打开,翻到新闻界面。但就在他打开手机时,屏幕上跳出一个日期:基遍二十二年四月二十五日。

这个日期实在骇人。他清楚地记得自己是在四月二十一晚上睡下的。那天一大早,他去了宁潇潇的住宅。他在她住宅附近等了半天,也没等到她。快到中午时,他又去了图书博物馆。一个工作人员告诉他,她是新来的,并不知道这里有个叫宁潇潇的人。

某种担忧被证实了。参加宁神仪式的当晚,他刚查到启示礼堂,便被两个同行带到一栋贝壳形的建筑里。过去,他听过一些有关精神卫生科的传闻。听说基遍成立后,这个组织秘密进行一些地下人体实验。不过这几年,有关精神卫生科的消息几近绝迹,他没想到这个业已消失的组织竟然就在这里。

你是杨嘉伟?医生看了眼他。嗯。多年的职业本能告诉他,上头不可能让这事就这样过去。任何微小的缝隙都有可能变成大的裂缝,进而动摇基遍的基石。绝不动摇!这是他在警察局每天必念的誓词。他在心里苦笑了下,听到医生说,你是警察,我就不多说了。说说你在蔚蓝广场看到了什么？

他后来猜是他的职业帮了他一把。反正从"贝壳"出来时，已是第二天下午。他在蓝星底下站了会，忽地想到了宁潇潇。思量再三，他还是决定去找她。然而宁潇潇却失踪了。

手上的情绪指针破天荒降到最低值。宁神仪式时那几个孩童倒下的情景又回来了。他在新闻界面里翻找，希望能找到点什么。界面上置顶的消息依旧是勒弥赐予大家的祝福。下边是有关基遍的各种新闻。所有消息全是四月二十二日以前或四月二十五日的。中间的那三天像是被抹去了，连一点痕迹都没留下。

房间

房间是长方形的。如果从房门口进来，能一眼望到墙角的一张木床。木床很大，上方挂一只老式的钟。一只小鸟立在钟内的鸟窝里。过去一到整点，小鸟便从鸟窝里钻出来，发出啾啾的鸟鸣。可惜如今钟坏了，时针一动不动地停在十二点上。

木床左侧约半米是一只床头柜。床头柜边上是一张长桌。长桌上摆有一只电视机。电视机半新不旧，只有一个频道，打开是一片雪花。再过去，一道白色瓷砖砌成的半人高的围墙将房间简易地做了分割。围墙里面是一个简易浴室。浴室旁挂有一幅很常见的画，勒弥背对着他坐在皮椅上。

长桌即是餐桌。每日到了饭点，会有人打开房间最下边的小洞上的铁门，往里塞食物。一份盒饭、一块面包或是一筒饼干。等塞完，铁门立即关上，发出金属碰撞的哐当声。小洞边上还有扇大门。不过，自他来后的那天起，就再也没见它打开过。整个房间的情况大致如此。如果说整个房间和外界还有一丝联系，那就是房顶上的一扇斜的天窗。天窗很小。有回，他爬到长桌上，踮起脚摸了下那扇天窗，发现那是层防弹玻璃。

刚被捕的那些天，他做好了最坏的打算。他以为他们会枪毙他，但没有。他们也不和他谈判。尽管在石洞内，他和找到他的那小队人马反复强调，他需要和勒弥谈谈。但没有人回应他。他被带到这里软禁起来。他们究竟要做什么？他不知道。他能做的仅仅是趁着打开小洞上铁门的那点间隙大声呼叫，以期对方能帮忙捎话，但得到的无非是更重、更快的哐当声。

有天，门外不再传来食物。整整一天，他什么东西也没吃。天窗外，天已经黑了。他的身体像是被抽空了，一点力气也没有。他在床上躺下，想要依靠睡眠暂时忘却饥饿，但他的肚子却不争气地叫了起来。

他要死了。他想。他躲过了那次大灾变，没想到最后还是饿死在这里。他是在三天后听到熟悉的哐当声的。他那时已被折磨得脱了形，勉强爬到洞口。当他终于抓到那块干面包时，他突然想，既然他没有死成，那么他就得好好活下去。

一天

劳宇的一天是从看天窗开始的。通常，他会在醒来后出神几秒，然后爬上长桌看天窗。天窗外的世界看似变化万千，于他而言却几乎一成不变。晴天时微弱的阳光；雨天时滴落的雨滴；阴天，外头的情况变得难以辨认，要等光线完全暗下来才行。偶尔，窗外会飞过一只鸟。鸟儿一掠而过，它也就无法知道天窗下有一双眼睛正在望着它。

他看够了，从长桌上爬下，开始刷牙、洗脸。听洞外塞食物、关门时发出的哐当声。吃早饭。打开电视，看电视机里的一片雪花。在房间内走路（通常走六千九百九十九步）。休息。继续看窗外。接过洞外塞来的食物。听关门时发出的哐当声。吃中饭。午睡。醒来。思考，漫无目的地思考。做五十个俯卧撑，一百组屈腿运动。接着看天窗。等待一天里第三次的哐当声。吃晚饭。洗澡（洗衣服是不必要的，他只有这套衣服）。看全黑的天窗。睡觉。

所有动作他都做得相当缓慢。除此之外，他还养成了一个习惯：在墙壁上刻字。横线代表一天，竖线代表一个月。刻得多了，有时连他自己都搞不清这天到底有没有刻过。他只好在刻完后，反复念叨或者掐下自己的大腿以刺激记忆。

记忆混淆了，某些东西却变得益发清晰起来。那是挂在浴室旁的那幅画。透过勒弥扁平的后脑勺，他分明感到勒弥在看他。这是你自己的选择。不错。如果当初他不答应宋明朗，他也就不至于弄到如斯境地。但反过来说，他并不后悔。他不是一时冲动答应的宋明朗。怎么说呢，那更像是内心有一个声音指引着他应该这么做。

他将视线从画上移开，决定同过去一样入睡。出人意料地，电视机却开了。雪花的滋滋声陡然转成紧张的配乐。一只手抖动着捏着什么东西。他看下去，才发现那是一条领带。领带的一头系着一个抱狗的男人（他是领带的主人），另一头则是一个男人。男人的头发蓬起，要不是他拎着那根领带，领带男早就从悬着的高空中掉下去了。

什么事？领带男满脸惊恐，他不明白自己的自杀计划何以被打乱。蓬发男却不回答。蓬发男像一个处在巨大阴影下的巨影，随时都可能会压下来。我说我想谈谈。你究竟……想谈什么？领带男被吓坏了，仿佛下一秒就要哭出来。你……是什么家伙？蓬发男微张开口。我叫——画面切到了另一张脸上。这张脸醉醺醺的，仔细辨认，可以看出是刚才那张脸的年轻版。

《老男孩》

每晚，劳宇准备入睡时，电视机都会自动打开。然后，在紧张的配乐声中，一只抖动的手占据屏幕。

劳宇把双手枕在脑后。重复观看那么多遍使得他可以基本无误地复述整部电影。这部叫做《老男孩》的电影，讲的是一个叫吴大秀的男人，在女儿生日那天醉酒并遭到绑架。他被关在不见天日的房间里，所有信息来源仅靠一只电视机。也是从这只电视机里，他得知妻子被人杀害，幼女下落不明。警方在妻子身边发现他的指纹和血迹，认定他为嫌疑人。

吴大秀这一关就是十五年。十五年来，他愤怒、忿恨，一遍遍地在头脑里搜索害自己的仇人；内疚、自责，写下一本本手记，检讨自己的前半生；更曾痛苦地尝试自杀。但最终，复仇的火焰烧尽了他之前的那点良心发现。他开始练拳，在自己的手背上文线（一年一条），用金属筷子挖掉了墙上的第一块砖。

就在人们以为他会成功出逃时，一个催眠师走到他的床前。醒来时，他躺在天台的一片草坪上。不远处，一个男人抱着一只狗打算跳楼。他抚摸、嗅着男人，想要和十五年来遇到的第一个人谈谈。然而，男人却突然朝楼下坠去。他拉住男人的领带，这才有了电影开头的那幕。

吴大秀如愿和领带男倾诉自己的遭遇，离开大楼后，结识了寿司店里的女厨师美桃。他和美桃一起查出女儿的下落（她在斯德哥尔摩），又独自找到囚禁他十五年的监狱，拔下监狱老板的十五颗牙。

所有事都在朝着吴大秀预想中的进行，但某些事又隐隐透露出不对劲。首先是绑架吴大秀的那人似乎一直在监控他。譬如，他可以在吴大秀出狱后，让一个流浪汉递给他一个手机；又譬如，在吴大秀大战监狱，失血过多倒在斑马线上之时将他扶上出租车，说出美桃的地址。更可怕的是，当吴大秀找到绑架者时，绑架者并不害怕。他用一个自杀装置威胁吴大秀，限他在七月五号前查出他是谁以及囚禁吴大秀的原因，否则吴大秀将永远失去美桃。

面对以上的威胁，吴大秀和美桃再也无法抑制对对方的渴念，成为恋人。紧接着，吴大秀通过一本校友录，重返校园，发现了秘密。原来，一次意外的偷窥，他发现李秀雅和李宇真姐弟俩的不伦之恋。他将这个消息告诉好友，结果导致李秀雅不堪舆论的压力跳下水坝自杀。

吴大秀找出原因，以为可以凭此报仇。但李宇真却告诉他，他之所以囚禁吴大秀这么长时间，是为了让他的女儿——美桃长大成人。一切都是李宇真的安排。他让催眠师给吴大秀和美桃催眠，让他们陷入一场不伦之恋。他才是真正实施报复的那个人。

知道真相后的吴大秀不禁崩溃，他不惜剪下舌头求李宇真不要将秘密告诉美桃。电影最后，李宇真扣动扳机，了结此生。而吴大秀则找到之前催眠他的催眠师，恳请她让自己忘掉真相。催眠师告诉他，铃响之后，会变成两个人。一个是不知道秘密的吴大秀，一个是知道秘密的魔头。魔头离开，每走一步老一岁，死于七十岁。醒来时，吴大秀躺在一片冰天雪地之中。美桃找到他，紧紧地抱住他，并告诉他，她爱他。

头一次看这部电影，现实里和电影里一样的木床、钟、床头柜、长桌、电视机以及门洞，简直叫劳宇悚然。当然，也不是没有差别。譬如不一样的颜色（电影以黄、绿色为主，这里则是灰蓝色）；不一样的画（电影里是一幅人像油画，上面写着：笑，众人赔笑；哭，独自垂泪，这里是勒弥的背影）；再譬如天窗（电影里没有天窗）。但即便如此，他仍不由得质疑起自己所处的现实。难道他的存在是电影的复刻版，他将和吴大秀一样在此度过漫长的十五年？还是说，一切已成定局，所有的抗争都是徒劳，只会掉入更黑暗的深渊？

但实际上，他根本没想过抗争。这不仅因为他知道自己缘何被囚禁，被谁囚禁，更主要的还在于他和吴大秀根本是两种性格的人。他把手从脑后抽出，没法睡着了。他想起宁潇潇。在他交往的对象里，宁潇潇无疑是特别的。那么，如果他是吴大秀，宁潇潇会是美桃吗？可宁潇潇不可能是他的女儿，他们之间也绝不可能是乱伦。既如此，给他看这部电影究竟是为了说明什么？

交往法则

在基遍成立前,宁潇潇绝不可能像现在这般受欢迎。宁潇潇的长相偏寡淡,不属于让人一眼便能记住的那种。不过现在,这种寡淡反倒成了优势。过去长期霸占人类审美的"浓颜"消失了,考虑到太过丑陋同样会影响情绪,因此整形机构里最受欢迎的模板便是和宁潇潇类似的脸。

宁潇潇的这张脸是天生的。面对这张脸,男人们绝不会心跳加速,语无伦次。但慢慢地同她相处,他们便会发现她的特别。怎么说呢?宁潇潇身上有一种与生俱来的冰冷感。这种冰冷感既叫他们欢喜,又叫他们害怕。他们总是和宁潇潇处上一阵子,再不咸不淡地离开。这相当符合交往法则。交往法则第一条便是忠贞的爱和婚姻是不适宜的,同样的,滥交亦不利于保持情绪平衡。

不过,这种情况在认识劳宇后发生了转变。转变很微妙。倒不是她爱上了劳宇或者劳宇爱上她。宁潇潇头一次发觉这种微妙是在他们做爱后。当时,他们并排躺在床上,她礼貌性地请他先用情绪清洗器。劳宇的眼睛还闭着,不用了。她以为他让她先用。这在她和其他男人相处时并不少见,但直到她用完叫他,他也没用。这以后,他也没用过她那台情绪清洗器。

理论上,没人规定做爱后必须使用情绪清洗器。但做爱时产生的急遽兴奋以及高潮后的回落都使得人们相信自己需要情绪清洗器。谁也不想因此导致情绪出现问题,进而引发麻烦。所以,她也就没法理解他为何不用。而自从知道他在"海葵"工作后,一切便解释得通了。作为基遍男人的最高理想,入选"海葵"的条件可谓相当苛刻。有一种说法是,"海葵"的成员基本是内定的。除了中央福利院外,其他福利院的孩子根本就是陪绑。

你小时候一直在中央福利院吗?有次,她问他。什么?他的两条眉毛蹙紧了。没什么。我就是随口问下。他没有说话。过了会,才开口道,嗯。她不再问了。交往法则的第二条是距离。你可以缄默,又或者谈谈天气,扯有的没的,但深交显然不适宜。

劳宇消失后,她试图回忆和他交往时的细节。但回忆了半天,也没想起什么来。只一次,他们一起看新闻。那是全基遍唯一的电视台——基遍电视台。女主持人正在大谈特谈基遍目前的出生率。

众所周知。女主持人的语调令她联想到了鲇鱼。你可以选择认识的人到医院受精,也可以直接捐精、捐卵。不管哪一种,受精卵都将得到统一对待,成为新一代的基遍子民。然而实际情况却不容乐观。据统计,基遍的出生率已经连续三年下降。除了福利院老师为保证绝对公平不能生育外,其他人都有责任、义务为基遍的发展以及未来做贡献。所以,我呼吁——应尽快通过《义务捐精(卵)法》,让每个人切实地行动起来。

我捐过一次。她在女主持的鲇鱼声中站起来。你捐过一次?他仍坐着,脖子却缩了一截。嗯。她晓得有些人不愿意捐精(卵)。倒不是因为怕不公平,只是在这件事上人们多半还是会选择自己知晓的另一半。尽管,这种知晓在后期变得毫无意义。谁也不知道哪个才是自己的受精卵,也不可能与婴孩有任何接触。但至少,可以在选择另一半的精子(卵子)时做一次选择。

你呢？我？我没有过。噢。她这么应着，察觉出了不妥。那么他是因为没有合适的人选吗？还是说，他是拒绝繁衍者？她不知道。

记忆库

宁潇潇站在一片广袤的土地上，视线所及空荡荡的。人类的记忆很奇特。她听到一个声音。通俗地说，它就像洒落在沙滩上的贝壳。有的大，有的小，有的埋得深，有的埋得浅。不是所有的贝壳都值得被发现，而有些贝壳穷尽你的所能也挖掘不出来。不过，只要条件合适，我们总能找到想要找的那个。

她向四周望去，没有人，也没有广播系统。换言之，她找不到声音的来源。听。声音继续道。她竖起耳朵仔细辨认。那是一声咳嗽。咳嗽声不太响，却有种说不出的异样。

她记起来了。她应该在诊疗室的。当时，医生问她既然没有害怕，为何要清洗这么长的时间？她当然不是害怕。她试着告诉医生她一直有这样的习惯，但它好像成了一个无法自证的问题。好吧。那天你还看到了什么？医生在重复的问答中总算抛出新的问题。勒弥。很好。继续。勒弥同过去一样穿着斗篷背对我们，给我们祝福。还有别的吗？没了。真的没了？真的没了。

医生不再提问了，他埋头在本子上记录着。他记录了会，把笔放在桌上。我就不跟你绕弯子了。你说你不害怕，可你却用情绪清洗器清洗了很长时间；你说你看到勒弥给大家祝福后，就没别的了，但有人反映，他们还听到一声咳嗽。还有，你的数值。

我的数值怎么了？她狐疑地看着医生。医生将连接线拔掉了。但凡来到这里的，情绪总会有相对较大的波动。但你的数值太正常了，看起来甚至都不需要情绪清洗器。这难道也有错吗？这当然没有错。医生正色道，我有理由相信你当时确实没有害怕。可这样一来，恰恰证明你根本不需要那么长的清洗时间。

荒谬！这太荒谬了！她还想辩驳，两个警察进来了。他们把她带到一间地下室，五花大绑地固定好，再连上机器。你的记忆库里有咳嗽声。声音再次响起。系统确认无误，你是个反叛分子。不。不可能。她叫起来。我是基遍的一分子。我比其他任何人都要相信勒弥，相信基遍。事实上，人是可以自我欺骗的。声音依旧不徐不疾。最高明的伪装者甚至能骗过自己。而我们的意义就在于将他们最为隐秘、幽深的记忆挖掘出来。

脚下的土地突然裂开。裂缝越来越大，越来越多，她忙不迭地想要抓住边上的东西，但来不及了。她开始坠落。一直坠。一直坠。四周是不断滚落的石头和土块。大的、小的、圆的、方的、凹凸不平的。就在她坠落的时刻，她惊人地发现她抓住的居然是个蝴蝶结。蝴蝶结上面像是沾了灰，遮住了原本的粉色。

这是你的吧？此刻，她蹲在福利院大门的花坛边，一抬头便看到了许老师。许老师手里拿着个粉色的蝴蝶结。每天傍晚，她都会路过那间教室。那间教室平日里总是铁将军把门，四扇窗户上挂着厚厚的窗帘。可昨晚，当她路过那间教室时，门居然开着条缝。

鬼迷心窍般，她推开门，走进去，摁下门旁的电灯开关。灯倏地亮了。她看到许多人平躺在地上，从他们身体上伸出好多根线又连到机器里。她走近，看到离她最近的是那个提议把情绪指针取出来的男孩。男孩的眼睛瞪大，正一眨不眨地盯着她。

这个……她杵在那里，不知道该不该承认。许老师已经把蝴蝶结戴在她头上了，我知道这是你的。不过，下次你就没有这么走运了。

锦龙口

最早，锦龙口不过是一片不知名的沼泽地（锦龙口所在的地区比较偏远，一直开发不起来）。也是凑巧。一个外地摄影师来这里取景，恰好拍到一只黑嘴松鸡。

彼时，黑嘴松鸡已灭绝多年。照片一经发出，旋即引起轰动，来锦龙口寻找黑嘴松鸡的人更是一拨接着一拨。但不久，人们发现想要一览黑嘴松鸡踪影的可能性基本为零。一来，尽管摄影师拍到了黑嘴松鸡，但毕竟只有那一只。二来，锦龙口属于泥炭藓沼泽，表面看上去浅，水面下却藏着很深的泥炭层。一旦陷入其中，后果不堪设想。考虑到以上两点，人们不禁望而却步。而锦龙口在历经短暂的喧嚣后又火速回归平静。

锦龙口再次出名是在大灾变后。那时，军队里流传着一则消息，说某地区发明一种新型的清理办法，快速有效，甚至无需填埋尸体。杨嘉伟听到消息那会，压根没把两者对上号。他是后来才反应过来的：他们把尸体直接扔进了锦龙口的沼泽地。

脚边躺着条蝮蛇。蛇是昨天抓来的，被去头、剥皮，只等着烤熟。来锦龙口的这些年，杨嘉伟学会了辨别、采摘各种野果；防备一种不知名的小虫子（这种虫子成群地飞舞，只要被叮上了一口，皮肤便会肿大，瘙痒难挨）；捕捉鸟、老鼠和蛇。

刚来那会儿，找不到食物饿肚子是常有的事，但就是这样他也不用枪。他无比小心地保管着这把枪，每天都要擦拭一遍。许是出于上天的眷顾，这把枪鲜有真派得上用场的时候。只一次，那是他来这里的头一个月。有天夜里，他蜷在地上，忽听得附近一阵窸窣。他拿起手枪，对着那东西便是一枪。窸窣声消失了。他循着踪迹，摸过去，可什么东西也没有。

经常被擦拭的枪有种洁净、干燥的老旧感。他在黑暗中摸了摸枪，准备将火点燃。刚来这里时，外头一点风吹草动都足以将他从睡梦中惊醒。渐渐地，当他发现并无人来追捕他时,这片沼泽成了他新的梦魇。

和白天看上去过分宁静的沼泽不同,夜晚的沼泽无时无刻不在散发着它的本性。孤魂。无数的孤魂在这片沼泽里哭泣。他们背对着他,他看不清他们的模样,却听得到他们的哭声,压抑、绵延,类似某种低音在他的耳朵边拉开口子,一道又一道。他捂住耳朵,试着不去听,但那些哭声却仍源源不断地透过他的指缝钻入他的耳朵。

老实说,他无需为这些孤魂负责。他的手上没有沾染他们的鲜血,但他也不是什么清白的人。自在新兵连打响了第一枪——尽管那枪不是他打的——他就成了一具行尸走肉,即使他选择逃离基遍也无法改变这个事实。但从另一个角度说,恰恰是这些孤魂保护了他。他隐藏在此,成了这茫茫沼泽中的另一具游魂。没有姓名。亦没有声音。

他把火点着了。火苗在暗夜里闪着幽暗的光。不远处,灌木丛簌簌作响。这不是他熟悉的声音。在锦龙口生活这么多年,他早习惯了这里的一切。他右手捏着枪。枪里还有三发子弹。除那次误射外,他一直保留着这些子弹。多年疏于练习，但他对自己的枪术仍保有信心。不过要是来的人太多，就不好说了。

看。这里有火。果真，一个人影跳入他的眼帘。人影晃动双手。他手心出了汗，死死盯住火光里跳出来的人影。两个。三个。他长出一口气，准备好扣动扳机。但人影却懊丧地后退了几步。靠！我还当找到了呢。原来是个旧版人。

原始人

基遍二十二年，基遍受到一次前所未有的攻击。攻击伊始，大批人倒下，醒来后绝大部分成了植物人。鉴于此次攻击前曾有过一次类似情况——当时是在宁神仪式上，几个唱诗班儿童受到了攻击——军方迅速锁定目标。原来有人截获情绪指针的出厂标识，恶意篡改程序攻击中枢神经系统的大脑皮层。

此次情况比前一次更为复杂、棘手。但仍有人躲过此次浩劫。研究表明，成功躲过此劫的多数为新版人，即出生后自动佩戴第二、三代情绪指针的，受到攻击的比例仅为 3.7％。而通过修正升级为第二、三代情绪指针的人就没有那么幸运了。数据显示，他们中受到攻击成为植物人的比例高达 89.5％。

所以说，旧版人天生就有缺陷。一个男孩说道。没错。老师长着张娃娃脸，看上去比孩子们大不了几岁。老师和孩子们站在图书博物馆十八楼的展馆门口。这是个新开不满两年的展馆。展馆门口写着大大的八个字：原始人旧版人展览。每学期，第五福利院的孩子们都有一次社会实践活动。实践活动的地点不一，而图书博物馆是最受孩子们欢迎的场地。

那些植物人后来怎么样了？又有一个女孩问道。他们被送去了医院。老师笑眯眯地答道，还有别的问题吗？不对啊。说话的是一个小个子男孩，如果受攻击的多数都是旧版人，那那几个唱诗班孩童为什么也会倒下呢？老师显然没考虑过这个问题，她一下被问住了。但老师毕竟是老师，她皱了下眉头，道，请不要提与课堂无关的问题。男孩被说了一顿，不响了，但他的眼睛却往展厅后方搜寻起来。后方放着透明的大玻璃罩，玻璃罩里有个点，正一动不动地趴在玻璃上。上学期，比男孩高一届的孩子参观完原始人后和他炫耀了好几天。他盘算着回去后好好耍耍低年级的那群傻瓜。

我们先参观旧版人展馆。老师说着指挥孩子们依次排好队。男孩还在盯着那个大玻璃罩。他不明白旧版人展馆有什么可看的,那里全是一块块的资料展板。他是在一个小时后才知道那个点就是原始人。玻璃罩外的展板上写着:原始人,自出生起没有安装情绪指针的人种。代表人类最原始、落后的状态。本馆所展出的"原始人1号"系目前基遍发现的第一个,也是最后一个。

在来图书博物馆前,孩子们已经探讨了好一阵有关原始人的长相。有人说,原始人因为没有情绪指针,所以衰老得很快。还有人声称,原始人都是侏儒。这是上一届孩子参观后得出的结论。但这种说法立马遭到了另一个孩子的反驳。原始人目前仅剩下一个,以此来推断整个种群,自然是不恰当的。

此刻,孩子们争相挤到离原始人最近的玻璃罩前,想要证明自己才是正确的那个。然而,原始人只是一动不动地缩在那里。她披一身宽大的袍子,袍子宽大得一直拖到地上。一个圆圆的脑袋埋在膝盖里,露出一头蓝色短发。要不是老师提前告诉过他们她是女的,他们根本看不出她的性别。

嗨,原始人。一个孩子的指关节落在玻璃上发出闷重的响声。其他孩子也纷纷效仿起来。嗨,看这里。喂——看我。看我。有孩子甚至还吹起了口哨,但原始人就像什么也没听见似的。

玻璃罩的另一头放着一张沙发床。床旁的桌子上摆着一只碗。从孩子们的角度,看不清碗里是什么东西,只能猜测那是原始人的食物。如此过了一刻钟,孩子们终于抱怨起来。好无聊啊,早知道就不看了。就是嘛,有什么好看的。孩子们说着纷纷往后退。也就在这时,先前那个小个子男生叫起来,我看见了。我看见原始人了。

你撒谎。小个子男生的说法即刻遭到刚刚那个女孩的反驳。我一直盯着原始人,我什么都没看见。我没撒谎。小个子男孩激动起来,刚刚她真的抬了一下头。那你说说她长什么样?她……她长着……编不出来了吧。你这个撒谎精。

够了!你们还嫌不够丢人?特别是你,赖平。老师说着狠狠地瞪了小个子男孩一眼。你俩现在给我去入口处的情绪清洗器那好好清洗、反思。

女孩讪讪地离开了。男孩虽心有不甘,但也只能跟在女孩后头。他边走边往后瞄了一眼,这一瞄不得了,他看到一张脸。那张脸由于整个儿趴在玻璃上,被挤压得变了形。她的两只手就在变形的脸旁不住地扇动。他看了好一会才看出来,她是在冲他们扮鬼脸。

猩猩

米娅曾跟程博去过一次动物园。那时,她来基遍没多久。按计划,她将伪装成警察混入中央福利院,再获取唱诗班孩子的情绪指针标识。这个过程说简单也简单,说难也难。说简单是因为程博修改了她的身份标识,将她绑定在警察局的一个女警官身上(那个女警官正在休假);说难是因为除了每年例行一次检查,中央福利院从不对外开放。更何况,一旦她的身份暴露,只有死路一条。

例行检查前一天,程博带她熟悉场地。他们一路开车去中央福利院,在见到那栋标志性的人字形建筑后再往回折返时,程博将车停下了。你去过动物园吗?程博把头探出车外。

在来基遍前,米娅从未去过动物园。和寸头一起逃亡的日子里,她见过野猪、蛇、麻雀、黄鼠狼,但还从未见过动物标本。那么多的动物标本齐整整地陈列在橱窗里,使得整个通道都散发出一股奇怪的干腐味。

这是动物园的标本长廊。长廊内顺次摆着叶猴、马来熊、赤斑羚、扬子鳄、短尾信天翁等,全是灭绝了的。出了长廊是活体动物馆。他们先后去了蛇馆、大象馆、狗熊馆。到达猩猩馆时,一对男女正在朝笼子里扔香蕉。蓝色的香蕉软塌塌地掉在猩猩跟前,猩猩捡起来,一抓,才发现已被吃掉了大半。剩下的那小半是烂掉的。猩猩发怒了,它抓着铁栏杆又是咆哮又是吐口水。看着猩猩捶胸顿足的模样,那两人露出了标准的笑容。

她后来也没明白程博为什么要带她去动物园。他似乎也不想和她上床。那么,他是临时起意让她陪他吗?她在沙发床上躺下。夜晚的图书博物馆有一种白天少有的宁静。刚被带来这里时,这里可谓人头攒动。有人隔着玻璃叫她"原始人1号",还有人把她从上到下从里到外评论了一番。得出的结论是,她好老。再往后,人们对她的热情退却,但仍有不少人因为好奇或者别的原因前来观看。每当这时候,她就会想起那头猩猩。她就是那头猩猩。

开始的日子自然是难熬的。但随着羞耻感逐渐减淡,她意外发现在他们参观她的同时,她也在参观他们。就好比那只猩猩,尽管它被关在笼子里,但它至少可以咆哮、吐口水,不若他们,甚至都不能大笑超过一刻钟。偶尔,她也会想起程博、寸头,还有用一组平民尸体和地下信徒的DNA瞒天过海的干爹——宋明朗。如果她当时不负气出走,又会是何种结局?也只是想想。

有天,她意外听到两个参观者的对话。他们谈到她在黑市上的价格。基遍费尽心思以让人类摆脱原始、落后的情绪状态,可魔幻的是这些所谓新版人的价格(如果他们也能被卖的话)却远远不如她这个原始人。

安宁

雨点。硬币大的雨点砸在杨嘉伟的鞋上、衣服上。一个雨点砸中他的下嘴唇皮。他舔了下干涩的嘴唇皮，艰难地抬了下眼皮。头顶上，天空黑压压的。就在他抬眼的一瞬间，蓄积已久的雨水终于没绷住，哗啦啦地倾巢而下。

枪响的那刻，杨嘉伟就知道完了。在军队的这些年，一忌心软，二忌手慢。可他昨晚全占了。在人影后退几步，嚷嚷什么"旧版人"时，他的脑子咯噔了下。也就是这一下，他出手慢了。子弹飞了出去，不出意外打偏了。他看到第一个人影暴跳起来，他居然有枪！三个人影很快将他包围，一根木棍击中了他。

头部一阵晕眩。许多只虫子像在他身上乱爬。虫子爬了一阵，停下了。晦气，这家伙身上什么也没有。可他有枪。会不会是警察？慌什么！先识别他的身份。再说了，就算是警察，到了这种地方，鬼才知道。

头部被人拨弄了几下。靠。扫描不了。这就对了。

这人百分百有问题。那现在怎么办？把枪给我。他的右手被粗鲁地掰开了。这正好说明我们是对的。继续找，肯定能找到。

他仍旧躺在原地。他想要挣扎、发声，但他连一个字也吐不出来。眼前是一片黑暗。坠崖似的黑暗。他能听到风声、雨声，还有沼泽地的哀嚎声，呼啸着从他体内穿过，又离开了。

奇怪。过去那些他极力躲避的背影、哀泣声，此刻却让他感到了安宁。他记起他从昏睡中醒来，开车去警察局。路上，静得可怕。等他到达警察局才晓得，三天前，叛军发动攻击，基遍遭受重创。系统分析此次目标攻击的主要对象是像他这样的旧版人。警察局当即要求所有新版人二十四小时待命，以保持正常运作。

事实证明，系统的推断无比正确。就拿他所在的警察局来说，除了他和另外一个旧版人外，其余的旧版人皆受到不可逆转的创伤。等一切回到正轨，他突然意识到他成了少数派。不。不仅仅是少数派，他还将接受任务，和新版人一起将那些旧版植物人运送到中央医院。

呵，中央医院。他知道那个医院，表面上说是收治，实际上就是宣判他们死刑。当然，那些人已经没有意识，没有父母、妻儿，多一个少一个不算什么。但当他收到指令，打算好重操旧业时，他发觉自己的手在颤抖。这些同他一路摸爬滚打、披荆斩棘才存活至今的人啊。他绝望地想，自己的心变软了。

沼泽地一片迷蒙。血腥味混合着雨水，在空气中肆意弥漫开来。他费力地动了下眼皮，想要再看一眼外边的世界，但大雨只是一个劲地打在他的眼皮上。终于，他不动了。也好，就死在这里吧。他想。他满足了。他甚至觉得自己在笑。但他其实并没有笑。一行雨水顺着他的眼窝淌下，看上去更像是无声哭泣。

开门

开门时，他有一种特别不真实的感觉。墙壁上刻的线还在。横的 3 672 条，竖的 120 条。有些横写斜了，和竖的混在一起，不刻意分辨，根本分辨不清。好多次，他数完后，发现和昨天的对不上；又或者数到一半，发现前面的忘了，只好从头再来……

横线3672条，竖线120条。他在心里默念了遍。他在这里已经度过3672天。3672天啊。约等于一百二十个月，十年。这个数字说长不长，说短不短。十年里，他曾无数次猜测自己出去的时间：一年，两年，慢慢地，他相信是电影里的"十五年"。

十五年。想到这个数字他不禁倒吸一口气，可日子还得过下去。他开始保持着和正常人一样节奏：刷牙、洗脸、吃饭、运动、刻字。当然，还有看那部叫《老男孩》的电影。他时常看那扇天窗，试着把这个房间想象成世界的一个缩影。而一旦想象抵达了日常，日子便变得不那么难过了。渐渐地，他开始习惯了这里的生活。时间仿佛凝固了，带着永恒的秩序感。所以，当那扇门毫无征兆地打开时，他的第一反应并不是欢喜，而是恍惚。

门外站着一个男人。此人脚边放着一个餐盘，就是平常从门洞里传进来的那种。男人用手指右边，示意他过去。他挪下脚，走到门旁。右边是一条通道，通道很长，两旁什么东西也没有。通道尽头是一架电梯，电梯里只有一个按钮。男人按下按钮，电梯上升，停下，再回头，电梯不见了。

电梯外是一个大厅。大厅内贴有瓦蓝的壁纸，瓷砖是水蓝色的。厅门口摆着一台圆形的智能机，智能机的屏幕中央闪着光。光点闪烁了会儿，若波纹般散开去。中间渐次出现一行行字：基遍二十二年，遭受有史以来最大的攻击。基遍二十三年，叛军最高将领被击毙。后被证实是其替代者，最高将领不知所踪（这几个字略小）。基遍二十四年，叛军瓦解。基遍最后一个原始人被捕获、展出。

波纹最外圈没有字，圆圈本身被加重了，又逐渐向内收拢，变成一个极小的圈，淡去了。勒弥背对着他出现在屏幕上。他下意识地往后缩了缩脑袋。真的是勒弥。在被囚禁的那些日子里，他不是没设想过见勒弥。那个出现在宁神仪式上，无所不在的勒弥。他想要和他谈谈宋明朗，谈谈巴比伦，谈谈自由，真正的自由，还有电影。他始终琢磨不透为何要给他看那部电影。但现在，他反而不知所措了。

基遍二十二年，你被叛军俘虏并摘除情绪指针。叛军传来消息，由你代表叛军最高将领来和我谈判。我们确定了谈判的日期，然而第二天，基遍就遭受了"大攻击"。大批基遍人倒下，醒来后绝大部分成了植物人。他听着勒弥的讲述，愈发迷惑。这么说，宋明朗根本就没有打算谈判。还是说，他只是想利用自己迷惑基遍军，好叫他们放松警惕？如果当初叛军没有发动"大攻击"，是不是就有可能谈和成功，也就不会有那么多的牺牲了？他思考了会儿，道。

不。勒弥的左肩微微朝上抖动了下。那顶多只能让那些植物人恢复正常。永远不要指望一个强者会对弱者做出什么承诺。那不过是想看看对方到底有什么底牌。不过，多亏那次"大攻击"，否则，基遍又怎么可能在一夜之间消除那么大的隐患？

调查报告

调查报告共五百字，阅读约两分钟。劳宇点击"开始阅读"，屏幕上出现一个标题：女富豪疑为情自杀。下面是一行小字：昨晚，云溪玫瑰园女富豪胡静芬在别墅内自杀。鉴于胡静芬有个比她小二十岁的情人，警方初步怀疑该起自杀和情感纠纷有关。另，胡静芬在国外求学的独子目前已回国，接管胡静芬公司的事务。

下一页的内容讲的是章睿将藏在某山林里的秘密组织一网打尽。共计二十三人，DNA检测均吻合。

第三页是两份内部文件。

1.《关于X违反"海葵"纪律的处罚通知》。

姓名：X，现为海葵某部门的程序员。基遍七年九月十八日十九时，监察部宋明朗举报，该程序员有蛊惑其他部门人员脱离情绪指针的行为。经查以上行为属实。由于发现及时，无其他任何"海葵"成员参与。X所谓脱离情绪指针之法纯属无稽之谈，现已将其移交警察局。希望全体"海葵"人员引以为戒，切莫让微小的缝隙动摇自己的基石！

海葵Ⅰ部

基遍七年九月二十日

2."海葵"关于宋明朗任职的通知

海葵〔基遍七年〕12号

基遍海葵Ⅰ部决定：

任命宋明朗为海葵Ⅶ部门部长。

海葵Ⅰ部
基遍七年十月一日

报告的最后一页是一组 DNA 对比信息。DNA 比对显示，上述三人即为同一个人。报告结论是一行加粗了的黑体字：建议密切监视此人。落款时间为基遍八年三月十七日。

看完报告，他的头有点晕。这两分钟的信息量实在太大。且不说是宋明朗举报的 X，这和宋明朗跟他说的完全相反，光是宋明朗和章睿以及胡静芬的独子是同一个人就够他消化的了。但最令他震惊的还是底下的落款时间：基遍八年。换言之，宋明朗当上Ⅶ部门部长还不到半年就被监控了。

既然你早就觉察宋明朗的动向，为何不一开始就解决他？觉察并不等于知道他的具体计划。你知道人类在石器时代有一种放血疗法吗？那种疗法看似危险，有时却能起到峰回路转的效果。何况，和程序员不同，宋明朗才是真正意义上的"海葵"第一人。真正意义上"海葵"第一人？不错。想想看，你的最大优势是什么？再想想看那部电影。我还是不懂。

在基遍成立以前，很多人看《老男孩》都会解读为爱和复仇。但其实这部电影讲述的是情绪，被放大到极限的情绪。想想看，是什么推动了吴大秀复仇？又是什么推动了他和美桃相恋？整个过程，吴大秀愤怒、内疚、后悔……反观你，你和他一样被关在密室里，一关就是十年，可你的情绪却极度稳定。你能出现在这里并不是因为你有多聪明，或有多善良，恰恰是因为你的零度情绪。

所以，根本没有甄别、清除情绪垃圾的安魂师，是吗？不光是我，还有宋明朗、朱易、整个海葵都是被监控，随时准备着被清理的垃圾。不是垃圾。是监控、研究的对象。你不知道我们头一次发现你们时有多激动。怎么说呢？你们是万里挑一的天选之子。也因为如此，监控、研究你们的情绪才成为重中之重。

那那些隐患又是怎么回事？他们本就不应该存在。我也是在那几个唱诗班孩子倒下后才猜到宋明朗到底想干什么。所以你将计就计,借他们的手一举除掉了旧版人。我只是修正了一些数据,让他们的攻击目标更为精准。可他们都是基遍的子民,你忠实的信仰者啊。基遍需要的是清洁。绝对的清洁。椅子转过来了。他惊讶地发现斗篷帽底下的那张脸,苍老而又熟悉。

《资料:地下市场》

通常,第一次去地下市场的人都会流露出不同程度的失望。这就是传说中的地下市场?也未免太平常了吧。

确实是平常。不,更确切地说是简陋。这个倚靠城市下水道新兴的市场,灰暗、肮脏,带着股流动的腐臭。很难想象这样一个地方会和"美妙""天堂"等词联系起来。也因此,当人们慕名前来时多半会以为自己上了当。

但是且慢,只要在地下市场驻足一分钟,慢慢适应里面的光线和空气,便会发现事情并不像刚才想的那样。会有一个服务生前来询问,如何得知这里?想买什么以及进入的口令。这个口令也就是人们不知道说过多少遍的"感谢伟大的勒弥"。所不同的是,读的时候得在最后的地方加重,换成感叹号。等全部回答正确后,便会被带到下水道的另一边。

这里看起来亦无特别。没有人。也没有物品。但是再继续走上一段,前方会出现几台自动售卖机。自动售卖机的外表和基遍市面上的没什么区别。但只要走近一看,便能看到其间的巨大差异。

刺激神经的功能性饮料。酒(啤酒、红酒、白酒,虽然每种酒只有一个品牌,但也足够了)。香烟。书籍(各种被禁的)。影碟(最上面的一张是《索多玛一百二十天》,下面还有《斯巴达克斯》等)。情趣内衣。目光所见之处都是市面上的违禁品。就像久在黑暗中猛地见到光那般,人一下不知道究竟该看哪里。

一瓶功能性饮料是二百基遍币。一瓶啤酒、红酒、白酒的价格分别是四百、一千和一千八百基遍币。香烟是六百五十基遍币一包。书籍、影碟以及情趣内衣是借阅的,每样上面均附有价格。如借阅一次《资本论》的价格为三百基遍币。考虑到基遍人每月的人均收入为两千基遍币，所有东西均可采用分期付账。为了安全起见，所有物品必须在地下市场使用，绝不能私拿出去。此外，市场还为消费者免费提供板凳、打火机、影碟机、试衣间等。付钱以后便可获得使用权。

这时，人们才真正明白所谓的"天堂"的真谛。从表面上看，这里仍是那个下水道，灰暗、肮脏、臭气熏天，但当你置身其中，享用着一支别人永远享用不到的香烟又或者喝着别人从没有喝过的啤酒，甚至更奢侈一点，看着影碟机里播放的《索多玛一百二十天》，你才懂得存在的意义。你之所以为你，存在这世上，而不是其他人的意义。

但要是你以为这就是地下市场的全部，那你就大错特错了。地下市场的终极秘密只有那些超级会员才有资格知道。有关那个秘密说来话长，容我下次再说。

密函

伟大的勒弥：

事出紧急。收集到以上资料非常之困难。因为地下市场部署得相当周密。想要掌握第一手线索，首先得成为他们的超级会员，即付两万以上（包含两万）的基遍币。除此之外，还须取得他们的完全信任。

有关地下市场的基本情况，资料已经介绍清楚。这份资料是由我台的首席记者采访整理的。原本后半部分的内容也该由他一并完成，但从上周开始，我就联系不到他，故接下来的内容由我来讲述。

伟大的勒弥，我该从何说起呢？事实上，因为太过震撼，此刻我的手还是颤抖的。伟大的勒弥啊，请原谅我的愚钝。事情的起因是压缩饼干工厂有两个工人失踪。这两个工人刚从福利院毕业不久。警方在接到报案后不久便找到了两具尸体，并将其归为意外死亡。由于尸体已经高度腐烂，辨认起来相当困难。但有一点诡异的是，其中一具尸体相当高大，和之前失踪的工人根本对不上号（那两个工人身高都不算高）。

不过，谁也没提出质疑。饼干厂厂长在警察局签了字，算是完事。只有车间主任对此心存疑惑，但也只是疑惑。一来，基遍最忌讳的就是情感依赖。何况，警察百分百表示 DNA 对比就是那两个人，他一个门外汉又能说什么？但两个月后，隔壁车间又有人失踪，车间主任这才将心中的疑虑和盘托出。这事后来偶然被我台首席记者得知。调查显示，多个线索指向那个地下市场。在我台首席记者失去联络后，我也想过再找其他记者继续调查，但考虑到事情的危险性，最后还是决定我前去。

伟大的勒弥啊，我循着线索找到地下市场，但那里已经人去楼空。该怎么形容那个地方呢？黑？臭？但那些都不重要。重要的是一根未燃尽的烟蒂，一条破损的内裤（原谅我无法向您做更细致的描述），还有三个空酒瓶。天晓得这些东西是从哪里搞来的。更要命的是，那里还有一个原始人。

是的。那真是个原始人。他穿着一套极其古怪的紧身衣，下半截被打断了，血肉模糊，其他部位也受了不同程度的伤。一开始我以为他死了，但当我触到他手的时候，他的手指突然就动了一下。

伟大的勒弥，我必须向您坦诚，那一刻，我的情绪指针晃个不停。如果说开始我还处于震惊——他是原始人，身份识别不了。可这里怎么会有原始人呢？而当我仔细检查他的手腕，发现上面细细的缝线便全明白了。他的脚边（如果那还能称之为脚的话）还有几个用过的安全套。不管我有多不愿意相信，我都得承认，有人把旧版人改造成原始人，在地下市场提供那种不堪的服务。

调查表明，和一个"原始人"口交为一千基遍币，做爱则需三千基遍币。鉴于"大攻击"之后旧版人所剩无几，基本从事最低等的工种，铤而走险也在情理之中。然而，来这里的新版人不可能觉察不出其中的猫腻。在此种情况下，他们仍愿意将一笔不菲的钱花在一个假原始人身上，实在令人匪夷所思。难道说这里有特别的魔力，能使人丧失基本的判断力？更骇人听闻的是，不少新版人也加入了进来。是的。您没有看错。新版人居然堕落到将自己改装成原始人，以换取更多的金钱。他们似乎掌握了某种方法（据我所知，这和之前被消灭的叛军有关），去除情绪指针后还能安然无恙。考虑到他们之前没有暴露，如今又能迅速、有条不紊地转移，我有理由相信这是一个极其大型且严密的组织。

伟大的勒弥，以上种种表明一切都在起变化，而这无疑关乎基遍所有子民的安危和未来。

愿：

蓝星高挂。

伟大的基遍和勒弥永恒！

基遍电视台台长
基遍三十一年一月

许以弘

下车的时候，许以弘看到了一朵杜鹃花。这不是许以弘第一次看到杜鹃花。天伦疗养院建在半山腰上。每次，许以弘都会把车停在疗养院外的停车场上，再步行上一段。这段坡路上种满了月季、杜鹃花、八角金盘。经过人工培育，这些花好看得规整。平常，她总是扫一眼就继续往前走，但那朵杜鹃花不同。它比其他杜鹃花都要黯淡些，孤零零地长在一丛绿叶里，看上去竟像是野生的。

假若换作平常，她肯定就凑过去看了。或许，她还会掏出手机对准它拍张照片。野生的。这年头野生的得有多稀奇。不过,今天不行。两个小时前,疗养院打来电话,告诉她,她父亲过世了。

你也知道的,我们这里吃饭早。你父亲吃饭时,还好好的。阿姨喂完他便去洗碗。等洗好碗出来,他人已经倒在地上。不过,像是安慰她似的,工作人员又说,你父亲走的还算安详。没遭什么罪。挂了电话,她在沙发上呆了五分钟,然后起身去地下车库开车。

父母离婚那年,许以弘刚上初中。父母各自外面都有了人,算是和平分手。离婚后,她跟母亲。每周六或周日,父亲会接她去他那里。离了婚的母亲显得要比过去年轻,没多久又和一个男人结了婚。倒是父亲前后换了好几任女友,最终也没走进婚姻殿堂。三年后,父亲受一所大学聘请,去了外地。每周一次的见面遂成了例行的视频通话。

也许是因为距离太远,又也许是因为进入了青春期,他们的通话实在没什么可聊的。当然,她并不恨他。到了她这个年纪,早看够了大人之间的把戏:要么撕破脸,大打出手,分道扬镳;要么继续同床异梦、虚情假意地捆绑在一起。和这些人相比,她父母的分手算得上体面了。

不管怎样,她和父亲的这种关系一直保持到她念研究生。快毕业前,她正在实验室做一个MATLAB仿真的项目,有同学拍拍她肩膀,示意门口有人找她。

门外站着一个女人,大嘴、文眉。尽管时隔多年,她还是一下认出了她。玉婷阿姨。刘玉婷将皮包从左手换到右手,以弘,你都长这么大啦。是啊。我认识您那会,才念初二。许以弘的语气里带着些许惊喜。在父亲的一众女朋友里,许以弘最喜欢刘玉婷。作为市中心医院的牙科大夫,刘玉婷脾气好,还特别爱讲笑话。许以弘有颗牙齿坏了,还是她帮忙拔掉的。那时,父亲已经和她分手了。许以弘看着她和父亲有说有笑的,不明白父亲为什么要和她分手。

此刻,刘玉婷就站在她面前。还是那张大嘴,还是她熟悉的半永久文眉。可是她来找她干嘛呢?刘玉婷捏了下皮包的手柄。是啊。一晃都那么多年了。以弘,你爸爸不知道我来。我是从他手机里偷偷找的你的地址。出什么事了?她紧张地盯着刘玉婷。你爸爸得了老年痴呆症。

什么？大概两个月前，你爸觉得不太舒服，回来联系我在我们医院做了检查。你也知道他这个人的，知道结果后，死活不让我告诉你。我想来想去，觉得还是应该告诉你。刘玉婷讲完，等着她讲话。她望着她，希望下一秒钟，她像以前一样扑哧一声笑出来，告诉她，她是在开玩笑。但刘玉婷没有笑。她只是叹了口气，你说你爸爸怎么会得的？谁得也不该他得啊。他这么洒脱的一个人。

她没有接话。送走刘玉婷后，她给母亲打了个电话。读研究生以后，她就从母亲那里搬出来，空的时候才回去一趟。母亲知道消息倒是比她想象的冷静。你有什么打算？先把他接过来再说。接过来？可你一个人怎么应付得了？那怎么办？难道不管他？总不能把他送到你那里吧。

两人都陷入了缄默。许以弘忽然问，妈，你觉得爸洒脱吗？电话那头的呼吸声变得粗重了。你爸这个人不是洒脱。恰恰相反，他是太不洒脱了。可是这年头，过日子不就是睁一只眼闭一只眼？哪能那么较真。

真实

父亲柔和的表情似乎证明工作人员没有骗她。

最初找到父亲时,父亲坚持说自己没事。怎么会没事呢?你现在和以前不一样,你不知道吗?父亲不再应声,任由她把他接到她的住处,再给他找了个阿姨。然而,阿姨仅仅干了半个月便不肯干了。父亲脾气越来越暴躁,不时出现忘这忘那的现象。最叫人头疼的是他根本不认为自己有病。

你是不是存心和我过不去?在第三个阿姨甩手不干后,她终于决定将父亲送进疗养院。但父亲知晓后,怎么都不同意。我不去。我可以照顾好自己。她的眼泪下来了。她想起自己刚上幼儿园那会,每天清晨,她就像闹钟般准点开始哭。最开始是跟着别的孩子哭,后来等别的孩子不哭了,她还是哭。母亲看不下去了。但父亲铁了心要把她送过去。她要哭就让她哭。哭累了就好了。父亲一路拖拽着满是鼻涕和眼泪的她,而眼前的一切就像是调了个个。

许以弘希望父亲这样的阿尔茨海默病的早期患者能够保留自己的记忆。按照她的构想，患者只需连接记忆瓶，倚靠大脑记忆便能塑造出一个独立的影像空间。但真到了研发阶段，情况远比她预想的要复杂。

争吵的焦点之一是真实度。研发团队里不止一人表示人的想象之所以为想象就在于它的不可测度。例如《神雕侠侣》中有这样一段话：只觉这少女清丽秀雅，莫可逼视，神色间却是冰冷淡漠，当真是洁若冰雪，也是冷若冰雪，实不知她是喜是怒，是愁是乐，竟不自禁的感到恐怖。人们在阅读这段文字时，可以想象出一万种小龙女的样子。但也有人只想象出一个模糊的轮廓，更不用说是阿尔茨海默病的早期患者了。

研发团队中有人提出创建一个提取库。提取库可以储存各种人类的外貌特征，这样便可以攻克技术上的难点。可如此一来，就等于变相成了游戏里的角色选取。我不同意。她竭力反对。记忆瓶之所以为记忆瓶就在于它的真实性。我们不否定真实的意义，但也必须承认没有哪个患者和家属会想要令人心碎的真实。他们更需要的是美好的那面。

对方最后的这句话彻底激怒了她。她愤怒地起身离开,恨不得自己从来没有提出过记忆瓶这个构想。一个月后,她收到消息:世界首款可治疗阿兹海默症状的药物通过临床测验,有望量产。爱普公司损失巨大,她随即辞职,去了另一家公司。

许小姐,如果没有问题的话,请您在这张纸上签字。工作人员的话将她拉回现实。她接过确认单,就在这时,手机不适时地响了起来。以弘,告诉你个好消息,记忆瓶有救了。电话那头是孙敬涵。……以弘,你听到了吗?我说记忆瓶有救了……

我父亲死了。一阵沉默后,她回道。节哀顺变。电话那头的语速放慢了。不过,这事真要成了,相信你父亲在天之灵也会欣慰的。

蓝星

我小时候曾见过一次蓝色的太阳。勒弥面朝劳宇。那是一个黄昏,我父亲从幼儿园接我回家。一路上,车子开得很快。车窗外朦朦胧胧的,即使关着窗也能闻到一股熟悉的雾霾味。这种味道我早习惯了。然而，那天的雾霾特别重。我一连咳嗽了好几声。父亲回头看了我一眼。也就在这时，车子"砰"的一声，撞上了前面的东西。

车头被撞得变了形，所幸人没事。等父亲艰难地从驾驶室爬出来，又艰难地将我从安全座椅上抱开，才发现整条路上的人都在奔逃。所有人都跟疯了似的，没有人注意到父亲的车出了事故。人行道上一个人影在喊，下土了！下土了！人影后边扬起巨大的尘土。父亲二话不说，把我重新塞进车子后座。我趴在他身上，从后挡风玻璃往外望去，我看到了一个点，在漫天的尘沙中发出冷寂的蓝光。

是你利用记忆瓶引发大灾变，进而成立基遍？不全是这样。这世上的事不是一加一等于二这么简单分明，它更像是无数偶然汇集成的必然。那蓝星呢？蓝星总是你一手缔造的吧？算是吧。最初，我们设想把基遍所有肉眼可见的地方都刷上蓝色，可即便如此，还有太阳，人身体里流淌的血……它们就像不散的阴魂牢牢地盘踞在人类世界。所以，你就利用情绪指针使了"障眼法"。

可你再怎么做，也不过是假象，就好比太阳一直都是太阳。是啊。太阳一直都是太阳。但那是在地球上，如果在火星上呢？你看到的又会是什么颜色的太阳？让我来告诉你，那是一个蓝白色的太阳，纯净、平和。所以，究竟什么才是真实？是你在地球上看到的太阳，还是你在火星上看到的太阳？

诡辩。劳宇脑子里跳出一个词。我知道你在想什么？勒弥道，你在想，就是眼前这个人制造了大灾变，利用情绪指针、情绪清洗器控制所有人，又利用情绪指针升级，让所有人看到蓝星；打击叛军，让那么多的"旧版人"成了植物人。你还在想就是眼前的这个人，让你和"海葵"的所有成员过上了虚假的一生。但我要告诉你，那只是你所看到的表面。

屏幕上出现了一个个方块。每个方块上都标有递增的数字，方块和方块之间仅仅隔着一点空隙。这些密密麻麻的方块跳动着，每跳动一次，方块上的数字也就跟着变幻。如果一个数字代表一个方块的话，这里少说也有上亿个方块。看看吧。勒弥的声音穿透屏幕直抵他的耳膜。相信看完你就明白了。

方块

画质很好。他一眼就看出这是基遍成立前的。自基遍成立后,所有电影的内容都须与"蓝色基遍"有关。政府提倡健康的,能使人产生愉悦(不是兴奋)的电影。但这也不像《老男孩》或者是他孩童时代看过的那些电影。怎么说呢,眼前的作品就像是一部拙劣的半成品。

画面里一个男人裸躺在一张巨型的圆床上。床边跪着四个女人,分别为"黑丝袜""护士""女仆"以及"兔女郎"。四个女人均低着头。男人抬手指"兔女郎","兔女郎"像是感应得到似的,起身,爬到男人身上。她的手轻抚男人身上的每一寸肌肤……男人的身体一阵战栗。这时,"黑丝袜"上场了。她先用嘴舔了舔男人的大拇趾,又依次舔了他的二趾、三趾、次小趾。当她快要舔到小趾时,她把嘴移开了,挺直上半身,将胸凑到男人的脚跟前,使劲搓揉着。她搓揉了两分钟,这才恋恋不舍地离开,和"兔女郎"分跪在男人的两侧。

男人从床上爬起，双手捏住"兔女郎"和"黑丝袜"的奶头。"女仆"和"护士"已然趴在了他前方。那是两个迥异的屁股。"护士"的屁股细白、小巧，"女仆"的屁股偏黑，但格外圆浑。"女仆"尖叫起来。她的尖叫显然刺激到了男人。男人用手拍打"女仆"，从"女仆"身上下来，又转战到"护士"身上。"护士"的叫声若只绵软的绵羊。他把身子伏贴在她背上，把玩她的奶子。她的奶子小小的，却很饱满。

接下来的一个多钟头，男人就这样和这四个女人不停地变换体位。倘使说有什么值得注意，那就是这四个女人似乎都能感应到男人的需求。

随机点击进入第二个方块。这次屏幕上呈现的是一辆车。车是粉色的，车头立着一个镀银的"飞天女神"。开车的女孩长相甜美，穿一套同样粉色的格子外套。车内响起躁动的摇滚，仪表盘早已超过160km/h。因为有了前一次的经验，他拖动快进条，看到女孩在二十分钟后到达一栋别墅。

别墅里有一个露天游泳池。很多男男女女正在举行泳装派对。女孩穿过鲜花、气球堆砌的拱门，接过侍者给她递来的一杯香槟，一饮而尽。她将空酒杯搁在地上，脱掉粉色格子外套、白色的雪纺衫、蕾丝胸罩、内裤。先前谈笑的人们纷纷停下。只见她猛吸一口气，跃入泳池。泳池上的人们起先还发愣，随即也像她一样脱个精光，跳入池中。泳池马上被塞得满满当当。所有人都在水里疯狂地摆臂、扭臀。

第三个方块简单来说可以分为两部分。前半部分，男主角和另一个年龄相仿的男人相爱。因为得不到认同，两人最终没能在一起。这部分的内容自然平顺，干净简洁，也因此，后半部分乍看之下让人摸不着头脑。

一个男孩。男孩蹲在地上像是在捡什么东西。男孩的身后是一座圆顶的高塔。男孩捡完东西，抬头。这时，他看到头顶上出现一架战斗机。战斗机俯冲而下，男孩的脸被放大，他甚至来不及惊恐便被炮弹击中。

人群从塔里跑出来。他们手抱着脑袋，哭嚎着向四周逃窜，又无一例外地被炮弹击中。鲜血。头颅。被炸裂的手臂。痛苦扭曲的脸。哭声配合着射击声进行的交响乐。屏幕左下角用一行小字注明：此交响乐为瓦格纳的《女武神的骑行》。终于，再也没有跑动的生命了，除了半截还在爬动的身子。镜头拉向战斗机的一刻,他看清了,原来战斗机上的狙击手就是前半部分的男主角。

他又快速点击了其他十来个方块,看到的无非和前面的类似。越看下去,他越确定了之前的想法,同时也越发疑惑。这是?记忆瓶。勒弥回答。"海葵"建立之初,记忆瓶便被全数销毁,那么这些记忆瓶又从何而来?

记忆瓶被销毁前,所有的内存都有备份。勒弥的话打消了他的疑虑。从表面看,记忆瓶里装的是记忆,实际上却能窥见其间的情绪。如果说《老男孩》表达的是艺术化处理过的情绪,那么记忆瓶里的就是普通人类的情绪。

三百万年前,人类学会制造工具,标志着旧石器时代开始。这个时期一直持续到一万二千年前,超过了人类存在史 99.5% 的时间,改变的速度相当缓慢。两次世界大战和冷战后,全世界范围内迎来了相对的和平。科技的迅猛发展和全球化使得人类文明到了前所未有的高度。人们甚至认为人类文明不存在潜在的威胁。如果一定要说要的话，那也只能是人工智能和外星文明。

只有极少数人对此持警惕态度。有人提出，发展的催熟一旦产生，整个变化的进程很有可能失控。这个声音当然被湮没了。多年以后，直到一种新型病毒肆虐，轻易撕破了各国的联合防线，人们才意识到那原来不是笑话，而是冰冷的真实。

就算这样，你也无权利用记忆瓶引起大灾变，进而利用情绪指针、情绪清洗器控制所有人。利用？难道你真的以为光靠记忆瓶便能引起大灾变？你也太天真了。不妨告诉你，记忆瓶确实能改变使用者的脑电波，导致其自杀，但如果我告诉你，还有一部分自杀者生前根本没有使用过记忆瓶呢？

你是说……记忆瓶是种印证，更是拯救。勒弥道，就算没有记忆瓶，人类也会有大灾变。人类文明的崩塌不过是一个时间问题。

保笼

和爱普公司研发室经理的身份很不相符，孙敬涵的家是一间单身公寓。进门是一整面灰蓝色的墙。墙上有一扇不大的窗户，用同样灰蓝色的窗帘掩着。一张黑的铁艺床线条分明地立在房间中央。床旁是一张不大的方桌。客厅和房间是打通的，除了一张双人沙发外，什么也没有。没有装饰，也无绿植，给人一种原始的粗粝感。

房间外有一个阳台，暗蓝色的窗帘悬挂保笼两侧。许以弘还记得自己照着刘玉婷给的地址去找父亲，还没到达那个小区，便看到成片成片的保笼。从小，许以弘所住的区域就没有保笼。但这种没有保笼和贫民区的没有保笼压根是两个概念。贫民区太穷了，自然也就没有必要装保笼。她不明白父亲为什么会选择住在这种地方。

她出神地看了保笼一会，同样也不明白孙敬涵为何选择住这种小区。也仅仅想了一下而已。那阵子，她要顾及的事实在太多。记忆瓶的研发十分顺利，下个月便可以上市。记忆瓶上市之初打的是平价牌。后来，有人恶意屯货，炒高价格，使得大多数人望"瓶"兴叹。有人甚至不惜为此偷、抢还有卖肾。

此种情况持续了一段时间，也没得到改善。许以弘和孙敬涵提起，孙敬涵表示这不属于研发部的管辖范围。又说，等记忆瓶供应量增加，价格自然就下来了。等记忆瓶的开发告一段落，公司决定研发新项目。新项目十分神秘，许以弘怀孕，没能加入其中。两人之前忙于记忆瓶的开发，婚礼都没办。只是匆匆领了证，又搬到许以弘的住处。孙敬涵就是那时候开始频频晚归的。有时，他忙到太晚，索性就睡在公司。

公司内部流传一种说法，公司研发的是情绪指针。情绪指针的前期试验早完成了，如今进行的是后期测试。此种说法的可信度有多高，人们不得而知。但有一点，公司参与记忆瓶研发的成员自杀率为零。尽管基遍成立后，他们中有被杀的，不知所踪的，但在大灾变时期，这个数据堪称惊人。

不过，这都是以后的事了。当时，许以弘坐在那张铁艺床上，两只手不大自然地垂在腿上。孙敬涵正在脱衣服。孙敬涵解开衬衣纽扣，胸前露出一片细密的绒毛。她偏过头，看到桌子上放着一本台历。日期底下印着一行字：日头啊，你要停在基遍；月亮啊，你要止在亚雅仑谷。很特别的一句话。她这么想着，嘴唇被孙敬涵咬住了。

末日拯救计划

一、以强制消除一切情绪、延续人类文明为第一原则。

二、停止人工智能研发和外星探索，最大限度地集中力量研究人类情绪。

三、鉴于未满十四周岁儿童在此次模拟中显示出较低的自杀率，优先保证他们的生存权，建立人类新文明。

四、在实现平稳过渡后，去除掉十四周岁以上的成年人，以保证基遍的绝对清洁。

五、最终实现人人都是零度情绪者。

鄙视链

每一个福利院孩子都知道那一条条隐藏的鄙视链。

例如，从表面上看，所有人从事的职业平等，收入也相同，但孩子们填报志愿时，第一志愿却总是安魂师（男生）和福利院老师（女生）。

这一现象自基遍成立以来便存在。人们可能会问，既然职业平等，收入相同，为何还有这样的偏差？答案是使命感。作为一个基遍人理应尽最大力量履行自己使命，维护基遍的安稳。而安魂师和福利院老师便是最能实现使命感的职业。可如此一来，似乎又和基遍所提倡的职业平等相违背。

基遍声明是这是人们自主选择的缘故，这种选择上的不平衡并不代表职业有高低贵贱之分。相反，在基遍，任何职业都是平等的，差别只在工种的不同。然而此声明并未能改变以上偏差。数据显示，自基遍成立以来，填报安魂师的毕业生比例逐年增高。中央福利院的毕业生报考的录取率相对高一些，而别的福利院的毕业生想要进入"海葵"的简直比登天还难。

又如每学期，每个年级参与的社会实践活动都有对应的场馆。简言之，孩子们去的场馆都是高一届的学生上个学年去过的。这就造成了信息的不对等。而如今，鄙视链里又多了一条：地下市场。

有关那个地下市场，最早还得从一支香烟说起。想象一下，从未听说过香烟这个名词的孩子听到这个世界上还存在着一种叫香烟的东西，那无异于在乌漆麻黑的屋子里开了一道光。接着是酒、功能性饮料、各种违禁书籍。再往里探寻，他们还可能深入了解一种完全有别于他们的人——原始人。

据说最早有三个男孩填报安魂师，可惜没能考上。落选后，他们阴差阳错进入了一片沼泽，又意外发现一个原始人。尽管这个原始人已经死了（那是一具尸体），但这无疑激发他们继续寻找原始人的信心。再后来，他们找到的原始人越来越多，并创建了一个地下市场。

并不是所有基遍人都有机会去地下市场。同理，也不是所有的孩子都有机会得知地下市场的存在。事实上，出于某种优越感，知道秘密的孩子变得越发谨慎，唯恐其他人知道。他们比任何时候都要渴望毕业，工作，再去地下市场享受一番。一个数据或许能说明问题：该年填报安魂师为第一志愿的毕业生比例竟首次出现了负增长。

暴乱

有人跑进来跟勒弥汇报什么。等那人退下后,屏幕上同时出现了许多个画面。画面很乱,劳宇认出其中一处是蔚蓝广场。画面里,许多孩子高举着拳头,冲向一辆警车。警车的蓝灯很快被砸破了,发出呜咽般的警报声。警车旁蹲着个警察,他的双手交叉在脑后,任由孩子们对他胡乱地踢打。

根据已有经验,且不说此种情况下系统会自动发出警报,就是持续产生的刺痛感就够他们受得了。可是那些孩子们却毫无异样,踢得越发肆无忌惮了。

这究竟是怎么回事?劳宇问。最早,基遍的创立者设想消灭所有十四周岁以上的成年人,以达到这个世界的绝对洁净。勒弥没有直接回答他的问题,这不仅仅是因为未满十四周岁的孩子心智尚不健全,可以通过教育、情绪清洗器等实现改造,更因为在大灾变中他们显示出较低的自杀率。

但真正实施时却出现了一些无法绕开的问题。因为整个基遍的运作还需要军人、医生、警察、福利院老师、工人等,因此必须留一部分成年人。这时候,他们对于基遍的忠诚度就显得尤为重要。等新一代的基遍人长大,基遍就不再需要他们了。后来的事情你也知道了,大部分的旧版人在大暴动时被剔除,新版人得以真正掌控这个国度。

无论从哪方面来看,这都是一个不可否认的伟大国度。过去千百年来,人类社会无法解决的被解决了。婚姻、爱恋、教育、公平……人从此不再是情绪的奴隶。人们看似牺牲了自由,其实恰恰获得了最大限度的自由。这就是基遍创立者所要追求的终极形态。可惜,他还是错了。

屏幕上突然起了一阵爆炸声。劳宇眨了下眼睛。他没有看错,确实是爆炸。警察们纷纷从警察局里逃出来,但他们没有抓那群孩子。相反,他们开始高举着拳头跟着孩子们欢呼起来。

一味的规划整齐,情绪得不到发泄,必然造成反弹。劳宇道。不。勒弥依旧端坐。是因为一开始创立者就是错的。所谓的绝对清洁绝不是这样。勒弥忽然大笑起来，一双眼睛同眼角的皱纹连成了一道线。

情绪隔离室

赖平坐在情绪隔离室里。这是一间不大的隔离室。像福利院的其他教室一样，隔离室的墙面是淡蓝色的，里面放着一个圆形的矮凳。刚到这间隔离室时，老师指着那个圆形矮凳，叫他坐上去。他坐好，看到老师把隔离室的门关上。隔离室里便只剩下他一个人。

老实说，一点都不害怕是假的。从育婴部转入孩童部开始，赖平就听说过这间隔离室。据说，最早为驯服某些不听话的孩子，每所福利院专门建起了隔离室，兼用音乐、催眠、药物等各种方法进行人体试验。其中有一种叫"极度"的试验，可以叫人从高度兴奋一路跌至恐惧直至死亡。

不过等有人向医院提供精子或卵子，受精成功，发育成新一代的基遍人，形势缓和了许多。情绪指针第一次升级后，新一代基遍人安装情绪指针的死亡率大大降低。不仅如此，他们普遍能更好地适应基遍的教育、法规。慢慢地，情绪隔离室的使用率越来越低。除了个别实在需要管教的孩子，更多时候，它更像是一种摆设。

矮凳上有个情绪关联器正在分毫不差地记录赖平的情绪。一直以来，赖平都算不上特别听话的孩子，但他的淘气顶多也只能算小打小闹。要不是昨天，他参观图书博物馆时发生了点事。

上学期，比他高一级的孩子参观博物馆后和他炫耀了好几天。他原本打算这次回去后跟低年级的那群傻瓜炫耀一番，但偏偏原始人把头埋在膝盖里，他什么也没看到。他转了下眼珠，叫道，我看见了。我看见原始人了。依照他的计划，他回去后将大扯特扯他看到的原始人。谁晓得欧阳夏天却揪住了他的小辫子。

倘若事情到此也就罢了。就在他准备去入口处的情绪清洗器清洗、反思时，瞥到了原始人。她……她……她在做鬼脸。赖平吃惊得说话都结巴了。老师转过脸来，她的眉头紧皱着。你说什么！刚刚……原始人……在冲我们做鬼脸。鬼脸？老师把头转向玻璃罩，但原始人只是同刚才一样一动不动地缩在那里。

赖平！你还敢撒谎！我没有撒谎。真的，老师。她刚刚真朝我们做鬼脸了。不信的话可以看监控。这里肯定有监控。赖平！你现在首先要解决的是情绪偏离。我再说一遍，请你立刻去清洗。

赖平只好挪动脚步朝入口处走去。他现在是真感到委屈了。欧阳夏天却冲他做了个鬼脸。原始人是这样的吗？欧阳夏天一副幸灾乐祸的样子。他强压住内心的火气，听到欧阳夏天嘟囔道，癞皮狗，撒谎精。

赖平把拳头捏紧了。和其他新一代的基遍人一样，赖平的名字是由名字储存库里的字随机组合的。所有入选储存库的字都经过筛选，务必保证情绪上的平和。把赖平两个字分开念，每一个字都没有问题。但癞皮狗就不一样了。尽管狗早已经不是宠物，可癞皮狗这个名字却保留了下来。也不知道是谁给他起了这个绰号，反正他就这样被叫开了。

癞皮狗。癞皮狗。欧阳夏天又重复了两遍。欧阳夏天已经走到他前面了，他冲上去狠狠地揍了她一拳。欧阳夏天的鼻子一下歪了。她先是憋了口气，紧接着号啕大哭起来。

狂欢

孩子们堵在中央医院的大门口。他们的身体都有些乏了,但精神头却还很亢奋。刚刚他们在蔚蓝广场、警察局狂欢了一阵。如果说刚才的狂欢仅仅只是情绪上的狂热——他们高喊把勒弥揪出来,彻底打倒这个大骗子——那么现在他们明白了要把勒弥揪出来是个不小的难题。

和过去的统治者不一样,勒弥从来没有公布过他的府邸,也从来没有公布过他的行踪、面貌、财产。除了不定期在电视上露"面"外,他更像是透明的。可反过来说,恰是因为这种透明,使得他隐匿、伟大而又无处不在。情绪指针和情绪清洗器是他给予大家的,所有人的平安、祥和也是他赐予的,整个基遍都是他的。这就是勒弥狡猾的地方。他成功创设了一个虚拟的假象,可同样的,也就没人知道他到底在哪?究竟是谁?

要不是那声咳嗽,新一代基遍人或许至死都不会察觉。按规定,电视、网络上的视频只有相关机构才有权发送，谁也想不到事情的崩塌会始于一段官方合集。在那个合集里，勒弥的上百个视频被集结在一起。有人惊讶地发现在那些视频里出现过勒弥的一次咳嗽。

本来嘛，勒弥咳嗽就是一个非同一般的信号。它可能预示着勒弥身体上的某些不适。可勒弥又怎么能不适呢？所以，更多的基遍人会将这种想法自动抹去。但很快有人发觉那声咳嗽的音色实在太不一样，它听上去就像是另一个人的。计算机检测证实了这一点，那声咳嗽的确不是出自同一个人。更准确地说，早在这声咳嗽前，合集里便已出现了两种声音。只是这两种声音太过相似，以至于人耳很难分辨出来，除了那声咳嗽。再对比下去，大家发现了更细微的差别。尽管，每次勒弥都披着巨大的淡蓝色斗篷，但在后期的视频里，他的左肩总是微微朝上倾斜，说话时不自然地抖动着。这在以前，可不是这样。

勒弥并不是勒弥。这句话听上去着实荒谬。一直以来，人们都坚信着视频里的就是勒弥，但眼下不争的事实是勒弥完全可以是另一个人。一个他们甚至都不知道的人。这么一想，所有人都被吓了一大跳。与此同时，还有一条消息铺天盖地传来：解除情绪指针并不像想象中的那么难。人只有脱离了情绪指针，才能彻底享受到感官带来的刺激，才不枉过此生。此条消息来自于那个消失的地下市场。人们曾以为它彻底退出历史舞台，如今看来，它并没有消失，而是以更隐蔽的方式存在着。

不管怎样，人群沸腾了。最先蜂拥着奔向警察局的是福利院里快要毕业的那届学生。警察局早乱了套。有几个警察想要负隅抵抗，很快被消灭了。人群迅速壮大起来，一齐涌向蔚蓝广场，又转向中央医院、基遍电视台……

在这场异常盛大的狂欢里，只有那个叫赖平的男孩被遗忘了。从昨天早晨开始，他就一直待在那间情绪隔离室里。之前老师告诉过他要在里面待满四个小时。最开始，他感到害怕。要是只是催眠或者音乐疗法倒还好，可他想到了"极度"。老师该不会对他采用那个可怕的"极度"吧？这么一想，他平静不下来了。凳子发出吱吱的声响，他的额头出了汗，呼吸也变得困难起来。

醒来时，他倒在凳子旁。时间早过了四个钟头，但并没有老师来给他开门。他咽了一下口水,重新坐在凳子上。他的身体虽然还端坐着,双腿却抖动起来。老师为什么还不来?接下来会对他采取什么可怕的方式?他就这样反反复复地担心着,直到第二天傍晚也没有人给他开门。饥饿、忧虑搅得他浑身无力,眼冒金星。唯一庆幸的是,什么也没发生。既没有音乐催眠、药物刺激,也没有"极度"。

门是反锁着的。当他终于下定决心把门踹开,已经一点力气都没有了。整个福利院静悄悄的。地上到处都是被丢弃的情绪指针、情绪清洗器。不远处躺着好几个人。她们穿着统一的蓝色制服,脸孔朝下。他爬过去,将其中一具身子翻过来,发现那是他的老师。

终局

太阳西沉。即将下山的太阳就像一个剥离了蛋清的蛋黄。一刻钟前,勒弥给劳宇两个选择:一、重新回到那间房间,他会得到足够的食物以及人身安全,毕竟那里绝对隐蔽。二、离开这里,但后果是随时可能被那些疯狂的新版人抓获。

屏幕右下角，人群已经完全失控。劳宇看着失控的人群，不禁联想到了大清洗。基遍会再来一次大清洗吗？不。勒弥说。看这个。屏幕上出现了许多个数字。数字密密麻麻，组成了一个巨大的漩涡。漩涡不断地旋转，直至中心出现了一组模型。

一直以来，我们都在寻找一种人类自身的力量。屏幕里响起勒弥的声音。毕竟情绪指针也好，情绪清洗器也罢，说白了都是借助外界的力量调控人体内的多巴胺、荷尔蒙，以达到控制情绪的目的。这也是"海葵"之所以存在的意义，即通过内部提供的社交网络测试、分析、研究你们的情感模式。

要知道所有人在安装第一代情绪指针时都有不同程度的受损。这种受损可能会影响他的神经系统，继而死亡。只有极少数的人才能像你、宋明朗一样在那次安装后变成情感极其稳定者。而情绪指针第一次升级后，安装情绪指针死亡的人数大大降低。研究显示，出生后自动佩戴第二、三代情绪指针的新版人的情绪稳定性明显高于旧版人。可奇怪的是，这些新版人中却再也没有出现过像你们这样的零度情绪者。为改善此种情况，中央福利院甚至保留了部分孩子安装第一代情绪指针，可惜效果仍不尽如人意。

最初，我曾经想过用你们的基因进行复制，但那就意味着所有的基遍人都是你们的复制人。后来有人提出研究你们的情绪模型，不过由于叛军被彻底消灭，这个计划被搁置了。

这是我的情绪模型。劳宇紧盯屏幕中央，说道。很完美，不是吗？我们根据《老男孩》复原了场景，在此基础上又增设了人工天气，以便进一步研究你的情绪。你看得见外面，外面却看不见你。要不是那份密函，我差点忘记了还有你。从此，人类再不需要情绪指针，情绪清洗器，只需将你的情感模型移植到他们的大脑里，就能成为一个标准的零度情绪者。

他终于知道自己被放出来的原因。可他们已经不再听命于你。我说过这不是绝对的清洁。从我知道地下市场的那刻起，新版人便是彻底失败的实验品。所以，这些都是你默许的？不然呢？否则，他们又怎么会发现如此明显的漏洞，取得如此大的"胜利"？我还是不明白。

没有他们，又何来情感模型移植的对象？我还有他们。

屏幕上出现了许多个胚胎。它们整齐地排列在一起。胚胎的后方是一个硕大的橘红色的球体。基遍成立后，"火星计划"宣告冻结。从火星归来的宇航员则被送至不同的地方清洗。难道说，这个计划一直还在？可就算如此，这些胚胎又由谁来培育，长大成人？他还想问，屏幕上的背景消失了，只剩下一片雪白。

你可以走了。先前的男人走了过来。走？那勒弥呢？那不是你所能操心的。他跟着男人来到先前的电梯门口，那里看上去是一面墙。墙面光秃秃的。他盯着那堵墙，然后转向右方。

右方是一条长长的通道。果然，勒弥早猜到你会选择第二种。男人说着，递给他一个盒子。这是勒弥给你的。他接过盒子，一路走出通道。通道外是一栋教学楼。教学楼往北是一栋宿舍楼。过去，他常常站在宿舍楼往这边望，他会看到一栋高的人字形建筑。那是中央福利院的行政楼，也是他刚刚走出来的地方。

一大帮孩子朝着他跑来。他们边跑边嚷嚷着什么。他们跑着跑着，其中几个突然停下，扭打了起来。他不再看他们，将视线转移到盒子上。盒子里躺着一个记忆瓶。他打开，以为会看到劳卫国的记忆，但并不是。

劳青峰穿一件汗衫坐在大排档里。他把啤酒瓶打开，满上。今儿高兴，一起喝点吧。我就不喝了。马心瑶笑道，你知道的，我一喝就醉。难得嘛。爸快出来了。今年厂里效益又好。要是这样下去，说不定再过几年我们就能住到"保笼区"了。劳青峰把酒杯递给马心瑶。马心瑶拗不过，正要喝，坐在马心瑶腿上的劳宇叫起来了。妈妈，我也要。小孩子不能喝哦。不嘛。我就要。好好好。劳青峰用一根烤串的竹棒蘸了滴酒。劳宇舔了口，朝外连吐了好几口。呸！呸！呸！难吃。太难吃啦。看你惯的！马心瑶嗔怪道。小孩子嘛，过会就忘了。再说，他以后总要学会的。是不是啊？我的小男子汉。

太阳已经完全陷下去了。劳宇感到某种久违的东西正在湿润他的眼眶。

百

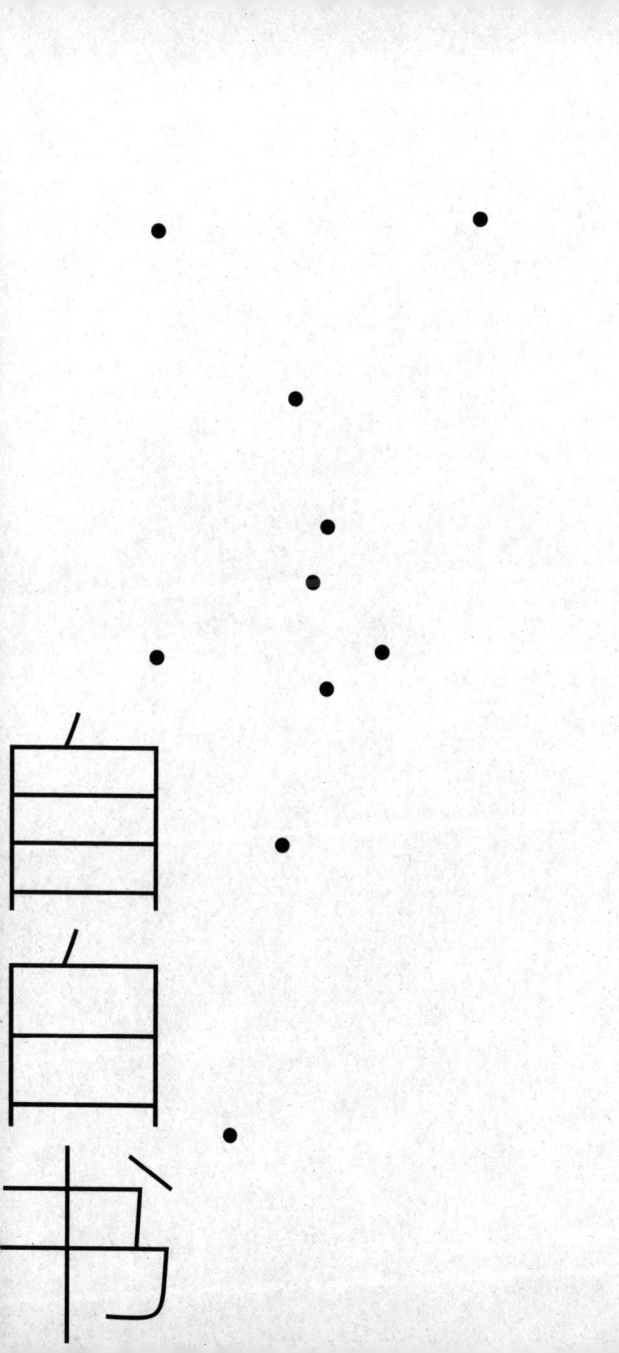

白

ヤ

芍宇

该怎么介绍自己？通常情况下，我是被这样介绍的：基遍"海葵"Ⅶ部门成员。安魂师。标准的零度情绪者。负责清理人类社会早期的社交媒体——管豹。

可是，上述的介绍就能拼凑出一个真的"我"吗？没有嗜好、没有明显的特征，甚至没有喜怒哀乐。哦，我知道你要说什么。你想说没有喜怒哀乐正是我最大的特点。好吧，如果这也算是特点的话，我得承认，这是我唯一的特点。毕竟，标准的零度情绪者可是万里挑一。正因为此，我才会被招入"海葵"工作，继而卷入那场纷争之中。

有关那场纷争——我知道你是怎么看我的——我就像一枚棋子,被白白囚禁了那么多年,毫无意义可言。如果你原以为我会是个英雄,抱歉,让你失望了。在整个事件里,我只是被命运牵着一步一步地往下走罢了。我并没有因此沮丧、痛苦,或者怨恨命运的不公。毕竟,谁又能逃脱命运的枷锁?

什么?你说我之所以不沮丧、痛苦是因为我是一个标准的零度情绪者。当然,我得承认这点。标准的零度情绪者的好处是没有情绪的波澜起伏,坏处亦是。但我还想要申明一点,对于命运,特别是我被囚禁的那些年,我并非觉得毫无意义。

我想起小时候看过的一本书,那是在大灾变之前,我在学校图书馆里看到的。那本书的作者和名字我已经忘了,但里面的内容却还记得清清楚楚。书里面的主人公和我一样,被囚于一间和外界严密隔绝的空房间里。其中有一段主人公的自述,大意是这样的:他们只是把我们安置在完完全全的虚无之中,因为世界上没有什么东西能像虚无那样对人的心灵产生这样一种压力。

虚无。完全的虚无。它对人的心灵产生的巨大的压力我是感受过的。可是话说回来，人活在世，谁又能全然逃离虚无？假若你想明白这一点，虚无如影随形，又有什么可怕？

你也许会说，我会这样想，恰恰是因为我是标准的零度情绪者。对此我无法否认，但凡事皆有可能。假若我不是标准的零度情绪者，我还能这样超然地看待这件事吗？谁知道呢？

宁潇潇

我和劳宇不一样。这是我在劳宇失踪后才想明白的。你一定会说，这有什么？世界上没有两片相同的叶子，当然也不可能有两个相同的人。但我想说的是，在最开始，我以为我们是同一类人。尽管，我俩的方式并不相同。每天晚上，我都要输入指令，用情绪清洗器清洗一次，而他——我不知道他其他时候如何，但可以肯定的是我俩做爱后，他一次也没有。

当然，作为万里挑一的情绪极其稳定的人，"海葵"的安魂师，这没什么稀奇。但是，请别忘了，要不是那两个因卵巢先天缺陷而无法生育的女孩，我差点就进入福利院当老师了。

"海葵"的安魂师和福利院老师，听上去简直是天作之合。你是不是认为我喜欢上他了？不。在基遍，最忌讳的便是产生情感依赖。我还没有忘记这一点。何况，我对喜欢谁，占有谁也没什么兴趣。我只是单纯地觉得他和我很像，这种感觉就好比在一堆陌生的人里找到了自己的同类，多少有点惺惺相惜的意味。

但我错了。他并不在意他的天赋，他也不在意"海葵"，他甚至也不在意基遍。我这么说，并不是说他想要反叛。据我所知，他没有。怎么说呢，他就像一个"透明人"，近在咫尺，又遥不可及。

是因为他的情绪比我更加稳定吗？我不知道。又也许，期待这世上还有一个同类，从开始就是一种错误。

宋明朗

如果你想要快速地了解我，那么不妨直接跳过正文的前半部分，来到后半部分的《调查报告》。千万别担心调查报告的长度，它总共才五百字，里面还贴心地提示了阅读时间：约两分钟。

没错，约两分钟。我是谁？我一生中的重要事件（或者说是他们认为的重要事件）都被浓缩在这两分钟里了。两分钟，大灾变前还不够我喝杯咖啡的呢，想到这一点便觉得讽刺。可你若以为我是因为我的重要性没有得到彰显而不满，那你就错了。

诚然，我是"海葵"Ⅶ部门的部长，叛军的头领，但我还不至于自大到觉得自己可以媲美历史上的那些伟大人物。何况，我还是失败的那一方，不是吗？退一步讲，即便我真的足以媲美那些伟大人物，那又如何？无非是增长点时间罢了。十分钟？半小时？还是两个钟头？

我看过一些伟大人物的传记和电影，可那都是被提炼过的，线性的，但生活不是。生活充满了杂乱、无序和未知，就是那些宣称了最大程度还原生活的作品，也不过是蹩脚、拙劣的模仿罢了。

回到刚刚说的"两分钟"上，至少我还有两分钟，不是吗？而更多的人呢，他们成了一个数字，有的甚至连一个数字也不是。既如此，我还应该继续表达我的不满吗？

勒弥

我是勒弥。这个听上去有些拗口的名字来源于我丈夫喜欢的一个小说人物——米勒。他把前后两个字掉了个头，又找了"米"的谐音。后来，当它成为基遍最高统治者的代名词，人们开始分析它背后的含义，再加上各种各样的阐释（当然都是溢美之词），但在最开始，它就是这么简单。

对于这个名字，我说不上喜欢，也说不上讨厌。你也许想问，既然如此，我为什么不换掉它，选一个自己喜欢的？首先，我得说这里面需要考量的因素太多，譬如传统、习惯，还有最重要的——稳定。稳定是基遍得以存在的基石。更重要的，你得清楚一点：即便换另一个词，人们最终也会赋予它各种本不属于它的意义。

同样，我也并不喜欢扮演勒弥（也谈不上讨厌）。怎么？你不相信？当然，你可以有你的判断，把我当成一个野心家、权谋家。一个野心家又怎么可能会不享受这种手握权力的快感？

好吧，请允许我暂且撇开那些。我想说的是，人们往往只凭着结果判定一个人的好坏，但这世上的事不像一加一等于二这么简单分明，它更像是无数偶然汇集成的必然。而一旦你走了第一步，就只能继续往下走第二步，第三步。停下来是不可能的。假使你因为后悔、犹疑而回头看，那么，你会立时变成一根盐柱。

事实上，我到现在也没有后悔过。是的，我再重申一遍，我没有你想象中那样想当勒弥，可这世上的事不是只有喜欢或讨厌。有些事，总得有人去做。既然上天选择了我，让我担负起人类的未来，我又有什么好后悔的？

如果时光倒回，我的选择还是会这样。至于你，把我想成——拯救人类的救世主，亦或是极端的统治者——随你的便。

杨嘉伟

一个杀人犯在成功掩藏自己身份的数年后，突然来警察局自首。这是为什么？最惯常的一种说法是：良心发现。

良心，真的是一个顶奇怪的东西。善恶、黑白、是非、对错在良心里被放大、甄别、剔除。可惜，我在办理这个案子时并没有想到这一点。等想到这点是在基遍遭受攻击，大批旧版人倒下以后了。我收到指令，把受到重创的旧版人运送到中央医院去，而这无异于把他们推向死亡。

有句老话说的好，唇亡齿寒。作为旧版人的一员，我怎么可能不懂这个道理？可反过来说，我并不是第一次干这样的事，想当初，我对着自己的同胞不也是这样干的吗？那么，何以眼下就不行了呢？

是因为良心发现吗？多年前不曾感觉到的良心到了一把年纪突然就冒出来，这也不是没可能。然而，问题的根本在于，现如今，人们所认同的行为规范和价值标准——就像新一代的基遍人认定的所谓的真理——早就变了。我很想知道，新版人还有良心吗？如果有，又会是怎样的良心？

米娅

嗨，玻璃罩外的参观者。没错，就是你，想同我谈谈吗？

如你所见，我被关在这个玻璃罩里已经很久了。通常情况下，我只是一动不动地缩在一个角落里，任由着像你这样的参观者们对我指指点点、评头论足。我的头大多数时候埋在膝盖里，人们看不到我的长相，也听不到我的声音，只能通过猜测想象我的容貌、声音，还有我的过去。

你一定很想问，我都那么久不说话了，为什么今天愿意把头抬起来并想要谈谈呢？也许是因为你经过的时候，我正好瘙痒难耐，下意识抬起头挠了一下痒；又也许是因为你的样子，该怎么形容呢，你的样子太像我认识的一个人，我和他分开后就再也没见过他了。严格意义上来说，你更像是年轻时的他。我望着你，想到了年轻时的自己。

嗨，玻璃罩外的参观者，我知道你在想什么？你在想，眼前的这个原始人看上去是那么苍老，那么原始、落后。可是，谁都有过青春不是吗？

在我年轻的时候，曾和他（那个和你长得很像的人）去过一次动物园。到达猩猩馆时，我们看到一对男女正在嘲弄笼子里的猩猩。猩猩发怒了，它抓着铁栏杆又是咆哮又是吐口水，而那对男女则心满意足。

差一点，我就要冲上去，告诉他们这样很不礼貌。可一想到后面的任务（这样做必然会横生枝节），我忍住了。那时候的我又怎么会想到自己会被抓，被带到这里供你们参观，成为一只猩猩？

嗨,玻璃罩外的参观者,现在你明白我要和你说什么了吧。虽然我在玻璃罩内,你在玻璃罩外,可说到底——我们都是那只猩猩。

图书在版编目（CIP）数据

情绪指针 / 池上著. -- 上海：上海文艺出版社，2024
ISBN 978-7-5321-8850-5

Ⅰ. ①情… Ⅱ. ①池… Ⅲ. ①幻想小说－中国－当代
Ⅳ. ①I247.5

中国国家版本馆CIP数据核字(2024)第011828号

发 行 人：毕　胜
责任编辑：余　凯
封面设计：韦　枫
插　　画：GAS工作室

书　　名：情绪指针
作　　者：池上
出　　版：上海世纪出版集团　　上海文艺出版社
地　　址：上海市闵行区号景路159弄A座2楼 201101
发　　行：上海文艺出版社发行中心
　　　　　上海市闵行区号景路159弄A座2楼206室 201101 www.ewen.co
印　　刷：启东市人民印刷有限公司
开　　本：787×1092　1/32
印　　张：6.625
插　　页：2
字　　数：97,000
印　　次：2024年6月第1版　2024年6月第1次印刷
Ｉ Ｓ Ｂ Ｎ：978-7-5321-8850-5/I.6976
定　　价：49.00元

告　读　者：如发现本书有质量问题请与印刷厂质量科联系　T:0513-83349365